उषाकिरण खान

उषाकिरण खान हिन्दी और मैथिली की वरिष्ठ साहित्यकार हैं। उनका जन्म 24 अक्टूबर, 1945 को बिहार के लहेरियासराय (दरभंगा) में हुआ। पटना विश्वविद्यालय से इतिहास एवं पुरातत्त्व में स्नातकोत्तर तथा मगध विश्वविद्यालय से पी-एच.डी. करने के बाद लम्बे समय तक अध्यापन किया।

लेखन की शुरुआत 1977 से। 'विवश विक्रमादित्य', 'दूबधान', 'गीली पाँक', 'कासवन', 'जलधार', 'जनम अवधि', 'घर से घर तक', 'खेलत गेंद गिरे यमुना में', 'मौसम का दर्द' (कहानी संग्रह); 'अगनहिंडोला', 'सिरजनहार', 'गई झूलनी टूट', 'फागुन के बाद', 'पानी की लकीर', 'सीमान्त कथा', 'रतनारे नयन', 'गहरी नदिया नाव पुरानी' (उपन्यास); 'कहाँ गए मेरे उगना', 'हीरा डोम' (नाटक); 'प्रभावती : एक निष्कम्प दीप', 'मैं एक बलुआ प्रस्तर खंड' (कथेतर गद्य); 'सिय पिय कथा' (खंडकाव्य) उनकी प्रमुख हिन्दी कृतियाँ हैं। मैथिली में प्रकाशित प्रमुख पुस्तकें हैं : 'काँचहि बाँस', 'गोनू झा क्लब', 'सदति यात्रा' (कहानी संग्रह); 'अनुत्तरित प्रश्न', 'दूर्वाक्षत', 'हसीना मंजिल', 'भामती : एक अविस्मरणीय प्रेमकथा', 'पोखरि रजोखरि', 'मनमोहना रे' (उपन्यास); 'चानो दाई', 'भुसकौल बला', 'फागुन', 'एक्सरि ठाढ़ि' (नाटक)।

दोनों भाषाओं में बच्चों के लिए भी उन्होंने कई पुस्तकें लिखी हैं। विभिन्न रचनाओं के उड़िया, बांग्ला, उर्दू एवं अंग्रेजी समेत अनेक भाषाओं में अनुवाद हो चुके हैं।

'साहित्य अकादेमी पुरस्कार' (2010), 'भारत भारती' (2019) और 'प्रबोध साहित्य सम्मान' (2020) सहित अनेक प्रतिष्ठित पुरस्कार-सम्मान उन्हें प्रदान किए जा चुके हैं। वर्ष 2015 में उन्हें 'पद्मश्री' से विभूषित किया गया।

गहरी नदिया नाव पुरानी

उषाकिरण खान

राजकमल पेपरबैक्स

राजकमल पेपरबैक्स में
पहला संस्करण : 2022

राजकमल पेपरबैक्स : उत्कृष्ट साहित्य के जनसुलभ संस्करण

राजकमल प्रकाशन प्रा.लि.
1-बी, नेताजी सुभाष मार्ग, दरियागंज
नई दिल्ली-110 002
द्वारा प्रकाशित

शाखाएँ : अशोक राजपथ, साइंस कॉलेज के सामने, पटना-800 006
पहली मंजिल, दरबारी बिल्डिंग, महात्मा गांधी मार्ग, प्रयागराज-211 001

वेबसाइट : www.rajkamalprakashan.com
ई-मेल : info@rajkamalprakashan.com

बी.के. ऑफसेट
नवीन शाहदरा, दिल्ली-110 032
द्वारा मुद्रित

मूल्य : ₹199

GAHRI NADIYA NAAV PURANI
Novel by Usha Kiran Khan

ISBN : 978-93-95737-29-6

हरे-भरे मकई के खेत, आस-पास जुते खेत, कहीं-कहीं घास काटती औरतें और झुकती साँझ को देखती मोढ़े पर बैठी पुनकला कुछ नहीं सोच रही है। पलानी जो इसके अपने घर की दीवार से लगाकर बनाई गई थी वह खाली थी। साढ़े तीन बजे तक लड़कियाँ अपना बस्ता समेटकर चली जाती हैं। कइयों ने अपनी बकरी को खूँटे में बाँधकर लम्बी रस्सी देकर छोड़ दिया होता है, कुछ उसे खोलती जातीं, कुछ अपने से हँसिया निकालती घास काट छोटा गट्ठर बनाती जातीं। कुछ लड़कियाँ खेतों के किनारे धूर पर रोपी भिंडी, लतरें झिंगिनी और बोरो वगैरह तोड़ती जातीं। बड़ा सा खाली घर लगभग एक घंटा सूना पड़ा रहता। बच्चियों को पढ़ाने वाली टीचर लीला भी गाँव की ओर घूमने चली जाती। वैसे वह यहीं इसी के साथ रहती। लीला पैंतीस-चालीस साल की खुशदिल परिश्रमी स्त्री थी और पुनकला ने पचहत्तर वसन्त देख लिये थे। आयु की यह दूरी इनके बीच कभी नहीं आई। ये सहेलियों की तरह वर्षों से हैं। अपने घर की पलानी में निरक्षर पुनकला ने बच्चियों के लिए स्कूल लीला के कहने पर ही खोला। लीला स्वयं आई.ए. पास औरत है। वह गंगापार के किसी गाँव की है। पुनकला के साथ इसकी मुलाकात अजीब परिस्थिति में हुई थी। कभी-कभी यह विचारती है कि इसके जीवन में कितने विचित्र संयोग या

कहें कि दुर्योग भी जुड़ते चले गए। पुनकला पटना से लौट रही थी। बेटे मुनेसर हजारी की गाड़ी से आई थी। साथ में एक गाँव का आदमी था। मुनेसर ने खुद ए.सी. टू की रिजर्व बर्थ पर अपनी अम्मा को बैठाया और साथी आदमी को समझा-बुझाकर चला गया। जाते-जाते अम्मा के चरण स्पर्श करता गया। अम्मा ने भी बड़े प्यार से बेटे का सिर सहलाया। पुनकला को एक छोटा सा ऑपरेशन करवाना था। वह दरभंगा में ही करवा लेना चाहती थी पर मुनेसर गाँव जीप लेकर गया और बैठाकर ले आया।

"हम लोग यहाँ पटना में हैं माँ, आप वहीं चलकर ऑपरेशन कराएँगी, चलिए।" उसने बोला।

पुनकला कैसे नहीं आती। ऐसा मातृवत्सल पुत्र किसका होता है। बेटा विधान सभा में नौकरी करता है। वह एक मंत्री के साथ रहता है। जलवा है उसका। अति व्यस्त रहता है। पुनकला सरदार माइंजन छीतन हजारी की दूसरी पत्नी है। इसका आँचल नहीं खुला। यह निःसन्तान रह गई। परन्तु सरदार की तीन बेटियों को पाल-पोसकर बड़ा किया। उसे घर-गृहस्थी की कितनी बातें सिखाईं और ससुराल विदा कीं। बेटा मुनेसर दस साल की आयु से हॉस्टल में रहकर पढ़ाई करता रहा। सिर्फ छुट्टियों में घर आता। सारा प्यार-दुलार उस पर लुटा देती पुनकला जब तक रहता। उसे जो चाहिए होता उसकी व्यवस्था वह करती और उसे तमाम तरह के व्यंजन बनाकर खिलाती। हॉस्टल जाने लगता तब तरह-तरह का सामान बाँध देती। अब भी वही करती। मुनेसर ने अपनी पसन्द की बहू चुनी। बहू शहरी थी। उसके पिता दरभंगा के अस्पताल में एकाउंटेंट थे। सरकारी नौकरी थी, सरकारी क्वार्टर भी था। उनके एक बेटे के साथ मुनेसर घर आता-जाता था।

"अपनी जाति में ऐसा अच्छा पढ़ा-लिखा लड़का कहाँ मिलेगा?" एक दिन अपनी पत्नी से कहा था ससुर जी ने और मुनेसर को गाहे-

बगाहे दावतें देने लगे। सुन्दर युवती से आशनाई होने में देरी न हुई। जब प्रस्ताव छीतन हजारी के पास पहुँचा तब उन्हें बहुत अच्छा नहीं लगा। उनके यहाँ इलाके के बड़ी-बड़ी पगड़ी वाले लोग आने लगे थे। सरदार माइंजन का रुतबा सरकारी पंचायती राज आने के बाद कुछ खास तो नहीं रह गया था पर इज्जत अब भी बाकी थी। तीन बेटियों के लिए दसियों दरवाजे पर ये गए थे तो अब अपने इकलौते ग्रेजुएट बेटे के लिए तीसों पगड़ियाँ गिरें चरणों में यह कामना करना बनता तो था। पर बेटे ने यह होने न दिया। यही बुराई है, बिना बन्धन के कहीं शहर पढ़ने भेजने में पढ़े-लिखे की यही बुराई है कि कभी अच्छी लुगाई नहीं होगी नसीब में। यह बरदीपुर वाला सुधीर हजारी कैसे अभागा निकला। पुनकला जैसे खरे सोने को जवाब दे दिया, रन-बन भटकता रहा। जब तक अकल आई बीबी हाथ से निकल गई। सरदार छीतन का सीना चौड़ा हो जाता। यह सोने की कनी तो मेरे तकदीर में थी, उसको रखने की औकात ही नहीं थी। बुरबक हथियारबाज! अरे, दू अच्छर पढ़कर लोग सुरसती माई का ऋण चुकाता है कि महिषासुर बन जाता है? ई साला सारा दैत्य महिषासुर, रावण, कंस बहुते पढ़ा-लिखा था। ना रे बाबा ना, बेकार है बेटा को पढ़ाना। खेत की कमी तो नहीं, माइंजनी पक्की ही थी, मैट्रिक पास करा के छोड़ देते। यहीं शादी-ब्याह कर देते। अब शहरी लड़की इसको ले उड़ेगी।

उसने पुनकला से कहा—

"इसको बहुत करेजा में साट के रखती हो, पता नहीं चला कि परेम-उरेम के चक्कर में पड़ गया है?"

"ऊँह, हद्दे बात करते हैं, जवान-जहान लड़िका है ऐसी बात माए पितियाइन से कहेगा?"

"तऽ कुच्छो कभी न बताया?"

"नहीं बताया, लेकिन हर्जा क्या है? गणेश पासवान जाति-बिरादरी के ही तो हैं। घी गिरा भी तो दाल में। पढ़ी-लिखी लड़की है सो अच्छा है न।"

"यही तो अच्छा नहीं है। ऊ लड़की यहाँ आकर नहीं रहेगी। और फिर इधर की है भी नहीं, वो लोग गंगपरिया हैं, भागलपुर के। बोली-बानी भी रूक्खख-सुक्ख।"

"हद्दे करते हैं।" पुनकला हँसने लगी।

"ठाकुरगाँव वाली, अभी हँसती हो, बाद में तुम्हीं रोओगी।" सरदार छीतन ने मुँह फुला लिया। पुनकला मुस्कुराती हुई उठ गई और घर के काम में लग गई। इसने अपना मन जीत लिया है। सरदार ने अपनी लम्बी लाठी ली हाथ में और खेतों की ओर निकल गए। पुनकला बच्चों को हाथ पकड़ गोलाई में, घूमते, ठुमकते-हुमकते देखती रही। बच्चे कुछ गा रहे थे।

विधि केकरो ने सक
देखि देखि शिव के लगइयै तराटक
विधि केकरो ने सक

पुनकला चुपचाप विचारती है कि सचमुच विधि के विधान पर कहाँ किसी का वश चलता है, शिव का जब नहीं चला तो मनुष्य क्या चीज है? चाहे जितने भी त्राटक योग कर लो विधि का लिखा है। वह शादी हुई, खूब धूमधाम से। शहर की शादी थी, पहली बार गाँव के बराती लोग टेबुल-कुर्सी पर बैठकर भोजन कर रहे थे। पहली बार वर-वधू को शादी के पहले मंच पर वरमाला करते देखा। गाँव के लोग गद्गद थे कि अहा, क्या सियाराम की जोड़ी लग रही थी। सरदार भी रेशमी पगड़ी बाँधे शानदार लग रहे थे।

पुनकला ने शादी की बात चलने के साथ ही पुराने सिकमी घर के कोने से सटा दो कोठरियों का पक्का घर बनवा लिया था। सामने गोल

बरामदा था। जब तक दिन धराया तब तक पक्की छत वाला कोहबर तैयार। गाँव में पहली बार किसी बहू का पलंग और कुरसी-टेबुल, आलमीरा तक दहेज में आया। लोगबाग देख-देख तृप्त होते। तब सरदार चुहल से कहते, "हाँ, समधी ने यही काठ-कबाड़ देकर घर भर दिया।"

"ए जी, ऐसे काहे बोलते हैं, बहू सुनेगी तो क्या कहेगी?" पुनकला बरजती। शादी-गौना के बाद बेटा मुनेसर सिर्फ पन्द्रह दिन घर बैठा। उसको सरकारी चिट्ठी मिली किसी इंटरव्यू की, वह सीधे पटना चला गया। योग्यता तथा आरक्षण के बल पर विधान सभा में नौकरी मिल गई। अब बहू सगुनिया भी हो गई। उस समय तक सरदार स्वस्थ थे। मुनेसर ने नौकरी ज्वाइन की। वह क्वार्टर मिलने के बाद पत्नी रीना पासवान को पटना ले गया। मुनेसर की तीनों बहनें आई थीं, उन्हें तो खुशी हो रही थी कि अब एक नैहर पटना में हो गया। सब चले गए रह गए सरदार छीतन और पुनकला।

"घर फिर सूना का सूना। सब कुछ तो है, आदमी ही नहीं।"

"ए जी, ऐसे काहे सोचते हैं। लोग बच्चा पढ़े यह चाहता है। बच्चा बढ़िया नौकरी करे यह भी चाहता है और जब मिल गई तो उदास होता है। बहुत मुश्किल है।"

"मन क्या चाहता है, नहीं जानते हैं ठाकुरगाँव वाली।" सब कुछ वैसा ही था, सरदार छीतन छीजते गए। घर में टेलीफोन लग गया था। मुनेसर ने सुना बाबू बीमार हैं तो तुरन्त आया। पटना ले गया पर वे बचाए न जा सके। पुनकला बिलकुल अकेली रह गई। कुछ दिनों तक बेटियाँ रहीं, कुछ दिन बहू रीना भी रही। पर पुनकला ने कहा उसे पटना जाने को। गाँव के लोग पुनकला को देखेंगे ऐसा आश्वासन दिया। धान कटाई, रबी बोआई में लगी पुनकला थक जाती। अब उसे घड़ा भरने दूर नहीं जाना था। घर के आँगन में ही ट्यूबवेल गड़ा हुआ था। घर के

आँगन में शौचालय था, उसे लोटा लेकर खेत न जाना था। दरवाजे पर सरदार ने ही चक्की और हॉलर बैठाया था। आटा पिसवाने तथा धान का चावल-चूड़ा कूटने वाले मजमा लगाए रहते। लखन यादव मिस्तरी था। सूना तो कभी लगता ही नहीं। ऐसे ही समय पेट के असहनीय दर्द का इलाज करवाने पुनकला दरभंगा गई। अपेंडिक्स का छोटा सा ऑपरेशन होना था। बेटा से सलाह लेने के लिए फोन किया तो उसने रोक दिया। खुद जीप से आकर अम्मा को ले गया।

ट्रेन खिसकने लगी। मुनेसर और बाकी लोग उतर गए। तभी एक बदहवास युवती इन्हें धकियाती खिड़की के पास आकर दुबक गई। उसने धीमे से कहा, "मुझे छुपा लें अम्मा।" पुनकला ने अपने शॉल से उसे ढक लिया। तीन-चार लोग धड़धड़ाते हुए चढ़ गए। चारों ओर घूमकर देखा और चलती ट्रेन से कूदकर भाग गए। ट्रेन ने रफ्तार पकड़ ली। अब वह युवती उठ बैठी। पुनकला का पैर छूकर बोली कि उसे बचाकर उन्होंने पुण्य का काम किया है। अब वह जीवन भर इनका ऋण चुका न सकेगी। पुनकला ने देखा, मुश्किल से युवती 25-26 साल की होगी।

"कौन लोग थे? क्यों तुम्हारे पीछे पड़े थे?" पुनकला ने देखा, लड़की पूरी तरह निराभरण थी। नाक-कान तक छूछे थे। तब जाहिर है धन के लिए नहीं, किसी और कारण से पीछे पड़े हैं।

"शान्त हो जाओ, लो पानी पीयो।" पुनकला ने बोतल का ढक्कन खोला, लड़की ने गटागट पानी पीया। भरी आँखों से उसे देखा और गले लग गई। गले लगकर फूट-फूटकर रोने लगी अम्मा-अम्मा कहकर। पुनकला को लगा यह इसकी पेट जाई बेटी है। कलेजे से लेकर सीने तक और सीने से लेकर पेट तक हिलोर उठ गया। जिस पुनकला ने पति के चार बच्चों को पाला और बड़ा किया उसे आज ही क्यों अहसास हुआ माँ बनने का? क्या नाता है इस लड़की से? लड़की जी भरकर रो चुकी

तब इसने उसे अलग किया और अपने आँचल से मुँह पोंछा। अपनी शॉल उसे ओढ़ने को दे दिया। कम्पार्टमेंट खाली था। सिर्फ ये दोनों थे। टीटी आया और उसने टिकट माँगा। पुनकला ने अपना टिकट दिखाया। पीछे-पीछे साथ चलने वाला ग्रामीण भी आ गया। पुनकला ने हौले से उसे अपनी भाषा में बता दिया कि यह लड़की साथ जाएगी पर इसका टिकट नहीं है। इनकी भाषा टी.टी. समझ नहीं पाया। ग्रामीण ने उन्हें समझाया कि यह साथ जाएगी, इनका टिकट बन नहीं सका, फलाने एम.एल.ए. साहब की सगी हैं, देखिए विधान सभा कोटे से टिकट है। टी.टी. ने खाली बर्थ देख उचित रुपए लेकर टिकट बना दिया और चला गया। एक और संकट पार हो गया। दूसरी सुबह गाड़ी झंझारपुर पहुँची। घर जाने के लिए टेम्पो का इन्तजाम हुआ। टेम्पो वाले को हिदायत थी कि वह ऊबड़-खाबड़ सड़क पर धीमे चलाए। गन्तव्य तक पहुँचने के रास्ते में नदी भी थी जिसे पार नाव से किया जाना था। साथ वाली लड़की ने पुनकला को नाव पर जकड़कर पकड़ रखा था। उसे पानी और नाव से बेतरह भय था। पुनकला हँसती, सँभालती रही। किनारे पर उतरकर उसकी जान में जान आई। नाव से उतरकर धीमे कदमों से चलते हुए वे पचही टोला पहुँचे। कुछ लड़के अपनी बाइक लेकर आए थे ले जाने के लिए पर पुनकला ने मना कर दिया। कहा, अपने पैरों पर भरोसा है, थोड़ी दूर तो है। वह लड़की साथ थी, लड़खड़ाते ही बाँह गह लेती। घर के आँगन में पहुँचकर लम्बी साँस ली पुनकला ने। आँगन औरतों और लड़कों से भर गया था। चाँपाकल की ओर पैर धोने गई तब हैंडल दबाने को कई हाथ थे। अपने पैर धोती यह लड़की देख रही थी कि पुनकला खासी लोकप्रिय थी। धीरे-धीरे भीड़ छँटी। बच्चों को अपनी झोली से निकालकर टॉफी बाँटती पुनकला को बड़े आदरभाव से निहार रही थी वह। बरामदे पर रखी चटाई पर पुनकला लेट गई, एक स्त्री उसके पैर दबाने लगी।

उसे कुछ खयाल आया। उसने वहाँ खड़ी दूसरी स्त्री से कहा, "गुड़िया, माँ से कह आओ कि आज हम चाय पीएँगे।" वह स्त्री चली गई। थोड़ी देर में दो मग में गरम चाय आ गई। अदरक की खुशबू से दोनों का चेहरा खिल उठा।

"बिटिया, चलो कोठरी में कुछ बात करनी है।" पुनकला ने उस लड़की से कहा। वह उनके पीछे-पीछे कमरे में चली गई।

"तुम्हारी नाप के कपड़े बनवा दूँगी पर आज मेरी साड़ी पहननी होगी। देह एक जैसी है सो ब्लाउज भी आ जाएगा। लो, निकाल लो। पुनकला ने अपनी लकड़ी की आलमारी खोल दी। उसमें आठ-दस साड़ियाँ थीं।

"आप खुद दे दीजिए।" उसने पलकें झुकाकर कहा। पुनकला ने एक नीले किनारे की पीली साड़ी और ब्लाउज मय पेटीकोट के इसे थमा दिया और अपनी साड़ी भी निकालकर बरामदे पर आ गई। वहाँ कच्चे बबूल का दातौन रखा था। पुनकला ने एक उसे दिया और चाँपाकल के पास घिरे स्नानघर को दिखाकर स्नान करने की सलाह दी। दोनों स्त्रियों ने रोटी-सब्जी का जलपान कर एक-दूसरे को देखा। रोटी खिलाकर गुड़िया माए ने कहा कि वह बाड़ी की ओर जा रही है हरी-साग सब्जी लाने। हॉलर के पास से चावल भी लाना है।

"चावल घर में नहीं है?" पुनकला ने पूछा।

"पटना जाते बखत सब बोरा जीप पर लाद के चली गई थीं। आप थीं ही नहीं तब कौन लाता चावल-आटा?" गुड़िया माए ने उपालम्भ देते हुए कहा।

"तुम नहीं थीं? हॉलर वाला, गाय-भैंस देखने वाला? सिर्फ हम ही खाते हैं?"

"आपका मेही चावल होता है न?"

"माइंजन और बौआ के कारण हम भी मेही खाते थे।"

"अब ई अभ्यागत बुचिया के लिए खा लीजिए।" हँसती हुई चली गई गुड़िया माए।

बड़ा सा आँगन खाली हो गया। पर हॉलर चलने का शोर सुनाई पड़ने लगा। पुनकला ने देखा, वह युवती सामने खेतों के विस्तार की ओर देख रही है। साँवली-सलोनी, गठी हुई देह। काले लम्बे बाल और बड़ी-बड़ी आँखें। बिलकुल निराभरणे परन्तु मांग में लाली अर्थात् सिन्दूर की आभा।

"तुम पहले अपना नाम बताओ बिटिया।"

"नाम मेरा लीला है, मैं आपको सब कुछ बताऊँगी।"

"बताओ, मैं भी जानना चाहती हूँ।"

"मेरी माँ शायद मुझे जनम देकर मर गई। मुझे मेरी फुआ ने पाला। फुआ को तब तक कोई सन्तान न थी। मैं जब पाँच साल की हुई तब मेरी फुआ की पहली बेटी हुई। उसके बाद दो बेटे और एक बेटी हुई। अब वे चार बच्चों की अम्मा थीं। वे लोग गया से थोड़ा हटकर गाँव में रहते थे। बच्चे थोड़े बड़े होने लगे तब गया शहर में एक घर किराया पर लिया गया पढ़ाने के लिए। मैं, फुआ की बेटी और बेटा पढ़ने स्कूल जाने लगे। छोटे दोनों नहीं जा रहे थे। फुआ गाँव-शहर करती रहीं। धीरे-धीरे सारे बच्चे पढ़ने लगे। हम दोनों बहनें बड़ी हो रही थीं सो गृहस्थी का काम सीखने लगीं। मैं मन लगाकर सारा कुछ करती, फुआ की बेटी मीरा भी करती पर बेमन से। मैं स्कूल पास कर गई थी, कॉलेज में नाम लिखा दिया गया था। फूफा मुझे बहुत मानते थे पर उनकी नीयत खराब थी। फुआ ने यह भाँप लिया और मुझे लेकर मेरे पिता के यहाँ छोड़ आईं।

'बेटी को पाल-पोस दिया, घर-गिरस्ती सिखा दिया, पढ़ा-लिखा भी दिया भैया; अब सँभालो और शादी-ब्याह की सोचो।' फुआ ने पिताजी से कहा। पिता क्या कहते, मैं उनकी बेटी जो थी। उनकी नई पत्नी से तीन बच्चे थे। दो बेटे, एक बेटी। नई अम्मा ने शुरू में स्वागत किया।

'हाँ, क्यों नहीं बबुनी, आपने हमारी औलाद को पाल-पोसकर इस लायक बना दिया कि अच्छा घर-वर आसानी से मिल जाएगा। है तो आपकी खून ही न! आपको बार-बार असीसती हूँ कि बच्चे लायक हों।'

"मैंने घर का सारा काम अपने जिम्मे ले लिया। मेरी अम्मा बैठी-बैठी चादरें कढ़ाई करती रहतीं। वे चादरें वहाँ के महिला संगठन में पहुँचा आतीं जिसका इन्हें मेहनताना मिलता। मेरे काम का शायद उनके लिए कोई मोल नहीं था। युद्ध स्तर पर मेरे लिए लड़का ढूँढ़ा जाने लगा। अम्मा के मायके के एक बड़े आदमी थे संटू गोप। उनका ट्रक का बड़ा कारोबार था। उन्हीं के सँझले लड़के से मेरी शादी तय कर दी। लोग हैरान थे कि उस घर में मुफ्त में क्यों कैसे मेरी शादी सम्भव हुई। पर बात आई-गई हो गई। बड़ी सादगी से शादी सम्पन्न हुई। मैं ससुराल आई तब पता चला कि मेरा दूल्हा अमल गोप लेल्हा है। भोला कहें कि अधपगला देखने में सामान्य पर बोलते ही पोल खुल जाती। मैंने शादी के जो सपने देखे थे वे ध्वस्त हो गए। अब याद आया कि मेरी शादी में गले लगकर रोती फुआ ने क्यों कहा था कि सतमाय ने अपना रंग दिखा दिया।

'सतमाय' यह शब्द सुनकर पुनकला के कलेजे में चोट लगती है। वह लीला को चुप करती है तुरन्त, "सतमाय बहुत बदनाम होती है लीला, पर यकीन मानो यह विश्वास का रिश्ता है। औरत-औरत पर निर्भर करता है। हम भी अपने बच्चों के सतमाय हैं।" अनायास पुनकला के गाल पर आँसुओं की धारा बह गई, लीला धक् से रह गई। उसने अपने आँचल से उनका मुँह पोंछा।

"नहीं अम्मा, यह मैं नहीं, फुआ कहती है। वह भी मेरी अम्मा के इस दुष्टतापूर्ण व्यवहार पर। आप जैसी स्त्री बिना माँ बने ही जगन्माता हैं।" सीने से लग गई और रोने लगी।

"अब कुछ न कहना लीला, मैं सब जान-समझ गई। जवान औरतें मर्दों के लिए परोसी गई छप्पन भोग हैं। तुम यहाँ मेरे यहाँ रह जाओ, कोई नहीं जानेगा। गया वाले इस अनजानी जगह का पता कहाँ पाएँगे?"

लीला तो पहले से शरणागत थी। हफ्ते भर में उसने जान लिया कि गाँव में जो स्कूल है वहाँ बच्चे नहीं जाते हैं। और अगर जाते हैं तो बस दिन में भोजन कर भाग आते हैं। लड़कियाँ तो घर के कामकाज में रह जाती हैं। लीला चूँकि गया के ग्राम निर्माण आश्रम से जुड़ी हुई थी सो उसके मन में सेवा भाव था। उसने पुनकला से पूछा कि क्यों न गाँव की लड़कियों को पढ़ा दिया जाए?

"किस चक्कर में पड़ती हो? बकरी चराने, घास काटने और बच्चे टाँगने से फुरसत दे उनकी मैया लोग तब न?"

"वह सब करती हुई अगर कर सकें तो?"

"ऐसा कैसे होगा?"

"यह स्कूल खेल-खेल में होगा, काम के साथ होगा।" उसी की पहल पर आज पलानी में लड़कियाँ पढ़ने आती हैं। अलबत्ता उनका नामांकन माध्यमिक विद्यालय में है। कुछ लड़कियाँ सुबह पढ़तीं, कुछ दोपहर में। इसकी पढ़ाई से कई लड़कियों ने मिडल बोर्ड पास कर लिया है। अब नदी पार के हाईस्कूल में साइकिल से पढ़ने को जाती हैं। लीला ने कुछ लड़कों को भी पढ़ाना शुरू कर दिया है। उस बहाने लीला का स्वाध्याय हो रहा था। जो कुछ लीला अपनी पढ़ाई के वक्त नहीं समझ पाई वह अब समझ रही है लीला।

अब तो कई वर्ष हो गए। लीला यह भूल गई है कि यह इसकी जन्मभूमि नहीं है। इतनी रच-बस गई है इस कोमल बालुका राशि से पटी गीली धरती में यह, कठोर पठारी भूमिकन्या। आने के बाद हालचाल पूछने के लिए बेटे ने फोन किया था तब पुनकला ने लीला की बात बताई थी।

"पटना में ही ट्रेन पर एक अनाथ लड़की मिल गई थी बबुआ; वह मेरे साथ ही आई है। मैंने उसे घर में रख लिया है। वह मेरे साथ ही रहती है, मेरा खयाल बेटी की तरह रखती है।"

"अच्छा है अम्मा, तुम खुश हो तो हम सब खुश हैं पर अनजानी लड़की पर सोच-समझकर भरोसा करना।" मुनेसर बाबू ने चिन्ता जताई। सही चिन्ता है, कैसे कोई अनजान पर भरोसा करे। लीला ने दूर से ही माँ को सफाई देते सुना। फोन रख देने के बाद पास आई और कहा, "अम्मा, सच ही कहा है भैया ने। मैं आप पर, आप मुझ पर विश्वास करने लगी हैं वरना स्थिति शक-शुबहे की बनती तो है। कोई भी सोच सकता है कि माल-मत्ता लेकर भाग जाया जा सकता है; यह और बात है कि मैं भाग न सकूँगी। नदी पार कैसे कर पाऊँगी।"

उसकी बातों पर पुनकला हँसने लगी। बच्चों की छुट्टी पर मुनेसर बच्चों और बीवी के साथ आया। लीला ने सबका मन जीत लिया। जब मुनेसर और बहू आते तो बहनें भी मिलने आ जातीं। लीला इनके घर की चौथी बेटी हो गई थी। स्वीकार कर ली गई थी। लीला भुसक हजारी के घर बहू से मिलने गई थी। तभी एक युवक बाइक से धड़धड़ाता हुआ पुनकला के पास आकर रुक गया। उसने दूर से ही प्रणाम किया और कहा कि मैं एक संवाद जो मेरे दादाजी ने दिया वह सुनाने आया हूँ।

"पहले साँस तो लो, पानी पियो।" पुनकला ने कहा।

"दादी, मुझे अब जाना होगा; मैं आपसे जो कहने आया था उसे कहने की हिम्मत तो जुटा लूँ।" जीतू हजारी ने कहा और अपनी पीठ पर लदे बैग में से पानी की बोतल निकाल पानी पी लिया। उसने चेहरे पर दुहरा मास्क लगा रखा था। मुँह पोंछकर मास्क चढ़ा लिया। पुनकला

ने देखा इसकी मसें भीग रही हैं, यह तो हूबहू सुधीर हजारी-सा दिख रहा है। जी में आया इस अनजान दादी-दादी की गुहार लगाने वाले लड़के से पूछे कि तुम बरदीपुर से आए हो, क्या सुधीर हजारी के पोते हो? पर नहीं, यह हो नहीं सकता। सुधीर हजारी ने विवाह ही नहीं किया है। यह तो पुनकला जानती है। उसे सुधीर की पूरी खबर रहती। उसका कुशल-क्षेम जानने को रन्ध्र-रन्ध्र कान बन जाते। वैसे कई बार खुद सरदार माइंजन कोमल क्षणों में अपने भाग्य को सराहते हुए सुधीर के खोटे भाग्य पर तरस खाते। ऐसे ही एक नशीली रात में बताया कि सुधीर ने हथियार समर्पण कर दिया है। अब वह हम सबकी तरह खुल्ला घूम-फिर सकेगा।

"उस पर तो बहुत मुकदमा था?" पुनकला ने जानने को उकसाया।

"देखो, तुम बुरबक जनाना हो, घर में घुसी हुई कुएँ की बेंग। उस पर भी सरदार की औरत, दुनिया कैसे चलती है जानती ही नहीं।"

"तो आप ही बताइए न! कुछ नहीं बताते और बुरबक कहते हैं। अपनी औरत को होशियार बनाइए।" पुनकला ने लाड़ दिखाया।

"बहुत बड़े नेता हैं एक जिनको कुछ लोभ-लालच नहीं है, डर-वर कुच्छो नहीं है, उनको तो कुछ चाहिए ही नहीं, वो अंग्रेजों से अन्तिम लड़ाई लड़े, अन्तिम। क्या समझीं?"

"अंग्रेजों से अन्तिम लड़ाई लड़े?"

"हाँ, वे सबसे बड़े नेता हैं जयप्रकाश नारायण।"

"उनको जानते हैं हम।"

"कैसे? तुम कैसे जानती हो?"

"वही तो आए थे विनोबा बाबा के साथे ठाकुरगाँव भूदान लेने। तुरन्ते मसुरी खेसारी उखड़ा था। उसी जमीन पर उनका तम्बू लगा था।"

"हाँ तो उन ही जयप्रकाश नारायण के सामने तमाम हथियारबन्द नक्सल लोग एस.पी.-कलक्टर के आगे बन्दूक रखकर कसम खाया कि अब हिंसा के रास्ते नहीं चलेगा।"

"ओह, यह तो अच्छा हुआ।"

"अभी तो हाजत ले गया है पर बाद में छोड़ दिया जाएगा। सारा मुकदमा हटा दिया जाएगा!" बताया था छीतन ने। पुनकला को बहुत अच्छा लगा कि एक पढ़ा-लिखा नौजवान जंगल-जंगल छुपना छोड़ देगा। गाँव-घर लौट आएगा। उसी वक्त छाती में हूक उठी कि काश! वह अभी भी उसकी ब्याहता होती। परन्तु अब तो सालों बीत गए। पुनकला पचही टोले के सरदार माइंजन छीतन हजारी की बीवी है। छीतन बरदीपुर के हजारी से सेसर लोग हैं। खेत, गाय-बैल, भैंस-घोड़ा सब इनके पास है अधिक गिनती में और जात की छड़ीदारी भी पुश्तैनी कब्जे में है। अन्तर इतना ही है कि बरदीपुर के हजारी लोग पढ़े-लिखे ज्यादा हैं। उसका कारण है बाजू के गाँव में हाईस्कूल का होना। कह-सुनकर नशे और प्यार के सुरूर से सन्तुष्ट हो सरदार सो गया, पुनकला की नींद उड़ गई। बार-बार उसके कान में सुधीर का स्वर गूँजता—

"ठाकुरगाँव वाली, ओ ठाकुरगाँव वाली! मैं तुम्हें बहुत प्यार करता हूँ, तब से जब हमारी शादी हुई थी। खिरखियाओन के वक्त तुमने चुपके से मुझे अपनी थाली का लड्डू खिला दिया था। मोतीचूर का वह लड्डू पूरा का पूरा मैंने गाल में दबा लिया था। तुम हँस पड़ी थीं याद है? मैं शरमा गया था। याद है?"

गठरी बनी सिर झुकाए पुनकला बैठी सुन रही थी।

"कुछ बोलो न!"

"मैं क्या बोलूँ?"

सुधीर ने गुदगुदी लगा दी, पुनकला हँस पड़ी।

"शादी के समय तो तुम फुटबॉल की तरह गोल-मटोल थीं अब तो बड़ी कामिनी-सी लगती हो।"

"ऐं धत्।"

शरमा गई थी पुनकला। दस साल से प्रतीक्षित सुहागसेज के अब जगे थे भाग। दोनों एक हो गए थे। तन और मन दोनों एक। गौने के पाँचवें दिन एक अजनबी आया था। उसने नाश्ता किया और चला गया पर सुधीर हजारी के चेहरे की रौनक चली गई। आगन्तुक ने इसे तीन दिनों की मुहलत दी और चला गया। पुनकला को नौवें दिन ठाकुरगाँव जाना था। पगफेरे के लिए छोटा भाई लेने आ गया था। सुधीर भी साथ हो लिया। रास्ते में एक जगह सुस्ताने के लिए बैठे। वहीं सुधीर ने अपना निर्णय सुनाया, "मैं एक ऐसे काम में लगा हूँ कि कभी भी पुलिस मुझे गोली से उड़ा दे सकती है, जेल में तो सड़ा ही सकती है, इसलिए तुम्हारा साथ न दे पाऊँगा।" पुनकला ने चौंककर देखा। अबूझ-सी ताकती रही उस छलिए युवक को जो पिछले दस वर्षों से इसका पति था, जिसने परस्पर एक-दूसरे को समर्पित किया था; जिसका पोर-पोर प्यार से सिंचित था जिसके बीच प्रेमघट अभी-अभी रखा गया था। मजाक तो नहीं कर रहा है?

"तुम्हारी पूरी जिन्दगी पड़ी है ठाकुरगाँव वाली, अभी तुम सत्रह साल की हो। मुझे भूल जाना, दूसरा सम्बन्ध कर लेना। हम जातीय पंचायत में तुमको जवाब दे देंगे। मेरे साथ नाहक बँधी रहोगी।" वहाँ से ठाकुरगाँव कैसे आई पुनकला, सिरघर (पूजा स्थल) जाकर शीश नवाने के पहले ही माँ और भाभी से लिपट-लिपटकर देर तक रोती रही यह विधाता ही जानता है।

"सभी लड़कियाँ ससुराल जाती हैं, इतना रोती हैं?" माँ ने कहा था।

"अभी तो बुचिया नौ दिन रहकर आई है। कोहबर छूटा भी नहीं होगा।" भाभी ने कहा।

"कुआँ, तालाब और चूल्हा छू लिया कि नहीं बिटिया?" दादी ने पूछा था। वह मुलुर-मुलुर ताकती रही थी।

सुधीर हजारी ने बरदीपुर की सीमा तक इन्हें पहुँचा दिया और साइकिल मोड़कर चल दिए। इसके पैरों में चक्की बँधी थी। एक बार सुधीर ने पीछे मुड़कर देखा, पुनकला सिर झुकाए चली जा रही थी। जोरों से धड़का था दिल फिर सम पर आ गया था। एक थोथा-सा उद्देश्य बना लिया था। आज रात निकल जाना है। साइकिल पर पैडल मारने लगा तेजी से। शहर से सिंह भैया का संवाद आ गया था कि उस वर्गशत्रु सिन्धी जमींदार के खात्मे का वक्त आ गया है। यहाँ के लोग पहचाने हुए हैं पर सुधीर अनजाना है, सो काम का अंजाम इसे ही देना है।

पुनकला चुप-सी हो गई थी। पनघट पर, खेत में, औरतें बतियातीं। पानी भरना रोककर बोलतीं, घास छीलना छोड़कर बोलतीं, इलाके का सबसे पढ़ा-लिखा बड़ा घर मिला पुनकला को, यह खुश क्यों नहीं है? पांडव-सा सुन्दर पति है, पढ़ा-लिखा भी है, कहीं-न-कहीं मास्टर लग ही जाएगा। यह बिना पढ़े-लिखे मास्टराइन कहलाएगी, खुश क्यों नहीं है? यह भेद अधिक दिन नहीं टिका। चौथे दिन पुनकला के दरवाजे पर छड़ीदार आ गए इसके बाउजी को बताने कि बदरीपुर के सुधीर हजारी ने पुनकला को जवाब दे दिया है। जवाब जातीय पंचायत को चिट्ठी लिखकर दिया है।

"चिट्ठी लिखकर? ये क्या चोचलेबाजी है, दो अच्छर पढ़ क्या लिया कि महाभारत लिखने लगे?" बाउजी ने कहा।

"पर दे तो दिया है, हम तो सिर्फ आपको खबर सुनाने आए हैं कि आपकी बेटी अब आजाद है, सुधीर हजारी की बीबी नहीं रही। बस!"

बाबूजी कातर हो उठे, "हे भाई माइंजन, ऐसा काहे? दस बरिस का सम्बन्ध संठी की तरह तुन से तोड़ देंगे जमाय बाबू? कुछ गलती हुआ तो बताएँ।"

"देखो भाई, चिट्ठी में यह नहीं है कि किसी की कोई भी गलती है, वहाँ तो सीधे लिखा है कि निजी कारणों से हम गृहस्थी नहीं चला सकते, सो ठाकुरगाँव की पुनकला देवी को इस शादी से आजाद करते हैं।"

"हम तो कहीं के नहीं रहे, इज्जत चली गई और बेटी भी घर की घर में रही।" बिसूरने लगे बाबू।

सफूलों को छूती बयार इसे सहला रही है। मानो कोसी की मसृण बालुका राशि पर इसके पैर अनायास थिरक उठे हैं। मानो कोई कबिराहा तान कान में रस घोल उठा—

ज्यों तिल माही तेल है, ज्यों चकमक में आग।
तेरा साईं तुझमें है, जाग सके सो जाग॥

मोहन सिंह ने पत्र लिखा था किसी को कि सुधीर हजारी भी जेल में उसके साथ है। उत्तर में मित्र ने हर्ष प्रकट किया। पूछा कि किस सिलसिले में? इसने सुधीर को पत्र दिखाया। पत्र लेखक दोनों का साथी था।

"अब इलाके में खबर पहुँच जाएगी कि सुधीर हजारी जीवित है।" मोहन सिंह ने कहा। सुधीर सिर्फ मुस्कुराया।

"पूछा है कि किस सिलसिले में? मैं लिख दूँगा कि जे.पी. के अनुयायी के रूप में, वह समझ जाएगा।" फिर कहा मोहन सिंह ने।

"बहुत खोलकर लिख नहीं सकते भाई जी।"

"वह समझ जाएगा। वह भी आन्दोलन में हम लोगों से जुड़ा है, वहाँ का जमीनी काम कर रहा है। आखिर कब तक अपातकाल रह सकता है? एक साल संसद का सत्र बढ़ा दिया गया, बहुत हुआ।"

"कुछ भी हो सकता है, कुछ भी।"

"सकारात्मक सोचो। अभी सारे तंत्र उनके हाथ में हैं, सब ओर उन्हें हरियाली नजर आ रही है; आश्वस्त होंगे कि हम फिर जीत ही लेंगे जंग, तब आपातकाल तोड़ दिया जाएगा। हम आजाद होंगे।"

"हम क्या कर लेंगे?"

"परिवर्तन होगा। लोकतंत्र को हम राजतंत्र नहीं बनने देंगे।"

"होना तो ऐसा ही चाहिए भाई जी, लोकतंत्र में कुछ स्थायी भाव से तय नहीं रहता वरना राजतंत्र हो जाएगा। सतत सत्ता परिवर्तन होता रहे तब बहती नदी की तरह निर्मल रहेगी। सत्ता अधिक समय तक एक हाथों में रहे तो गढ़े के जमे पानी की तरह सड़ाँध पैदा करती है।"

"परिवर्तन होगा सुधीर। हम जेलों में कुछ ही लोग हैं। जो पूरी की पूरी जमात बाहर है वे सब लगे हैं। एकजुट प्रयास होने से, विचारों में ईमानदारी होने से कठिन काम आसान हो जाएगा।"

"विचारों की ईमानदारी क्रियान्वित हो सके तो अच्छी बात है।"

"तुम्हें शक क्यों है? हम सब जे.पी. के अनुयायी हैं।"

"मुझे कोई शक नहीं, समय बताएगा। आजादी के दीवाने भी सच्चे थे। गांधी जी ने समाज को प्रेरणा देकर क्या से क्या न कर दिया। आज हम आपसे इस बेंच पर बैठकर बात कर रहे हैं, क्या तब सम्भव होता?" मोहन सिंह गौर से सुधीर को देखने लगा। उसे स्कूल के समय की एक घटना याद आई जब कुछ छात्र पूर्वी तटबन्ध पर श्रमदान करने गए थे। लौटते हुए चार लोग थे जिनमें से एक सुधीर हजारी भी था। रात होने को थी सो मोहन सिंह ने इनको रुक जाने और अपनी कोठरी में एक और चौकी लगाने को कहा। चाचाजी ने आँगन में बुलाकर इसे खूब लताड़ा। एक हजारी को अपने घर में चौकी पर सोने की इजाजत नहीं दे सकते। मोहन ने तर्क दिया कि सब हॉस्टल में एक साथ एक समान ही रहते हैं। पर सब निष्फल। थोड़ी देर में तीनों लड़कों को नाश्ता करवाकर विदा कर देना पड़ा।

मोहन सिंह के पिता ने कहा, "सुधीर बाबू हमारे दामाद हैं। जद्दू का दामाद हम सबका दामाद। गौना नहीं हुआ, कैसे रात गुजारेंगे यहाँ?" इसका उत्तर किसी के पास नहीं था। शहद लिपटा जहर मोहन सिंह को पीना पड़ा था। सुधीर हजारी को कुछ याद है ऐसा नहीं लगा। उस समय भी नहीं लगा था। उसे क्या पता कि जिस गिलास में पानी पीया, जिस थाली में खाया, उसे अलग रख दिया गया था।

"सुधीर, तुमने हमारे गाँव से नाता तोड़कर अच्छा नहीं किया।" अनायास मोहन सिंह व्यक्तिगत संवाद करने लगे।

"जी भाई जी, जीवन का एक उद्वेग में लिया गया निर्णय कई गलत निर्णयों का कारक बन जाता है। फिर कुछ अपने हाथ में नहीं रह जाता है।" वह उदासी में बोला।

"सच, तुम्हारी और पुनकला की जोड़ी बड़ी अच्छी थी। बेचारी बड़ी सुघड़ लड़की थी।"

"क्या उसे किसी तरह की तकलीफ है भाई जी?"

"पता नहीं, दूर ब्याही है; सुना है खूब सम्पन्न लोग हैं। एक बार किसी भतीजी की शादी में आई थी तब हवेली आई थी अम्मा से मिलने।"

"ओह!" सुधीर चुप रहा।

"तुमने जीवन की धारा बदल ली है। विवाह करोगे तभी समाज में आदर होगा।"

"मेरा मन गृहस्थी बसाने का नहीं है।"

"ऐसा क्यों?

"पहले तो यही नहीं पता कि भविष्य में क्या होना है।"

"पूरे देश, राज्य, गाँव-जवार का भविष्य सामूहिक प्रयास से सुधरता है। अपने भविष्य का निर्माण स्वयं करना होता है।"

"अपना भविष्य अन्धकारमय लगता है।"

"तुमने हड़बड़ी में पुनकला को जवाब दिया।"

"जी हाँ, गलती तो हो गई; जुनून में था।"

"ऐसे समय में जब निर्णय करने की मन:स्थिति न हो कभी कुछ कह नहीं देना चाहिए। बाद में पछताना होता है।"

"सच कह रहे हैं।"

"अभी तुम यदि शादी नहीं करना चाहते हो तो न करो।"

"मैंने उस पर सोचा नहीं कभी। शादी तो हुई थी।" कहकर चुप हो गया। मोहन ने गौर किया कि अपनी उस शादी को तोड़कर सुधीर दुखी है। यह पारिवारिक और सामाजिक प्राणी तो है। पर कर क्या सकता है। अपनी गलती भुगत रहा है।

धीरे-धीरे मोहन सिंह को भान हुआ कि सुधीर पुनकला से प्यार करता है। उसका पश्चात्ताप सिर्फ शादी टूटने का नहीं है, अपने प्रेमरस के सूखने का भी है। तभी एक दिन मोहन सिंह ने सुधीर को कुरेदा।

"सुधीर, जेल से निकलकर सबसे पहले अपने गाँव चला जाना चाहिए हमें, है न?"

"जाना तो चाहिए, ताकि मैं जिन्दा हूँ सो सबूत मिले।" सुधीर हँसकर बोला।

"अगर तुमने शादी न तोड़ी होती तब दौड़कर जाते। पुनकला की याद सताती होती। है न?"

"याद अब भी सताती है। दिल में जगह खाली नहीं हुई। रिश्ते तोड़ दिए जातीय पंचायत में जवाब दे दिया पर मन में वही है।"

"तुम खाली हो सो प्रेम करते हो। पुनकला तुम्हें क्यों याद करेगी? वह अपने घर में सुखी है। तुम भी शादी कर लो, मन में नई स्त्री बस जाएगी, वह निकल जाएगी।"

"पुनकला को मजबूरन शादी करनी पड़ी। मैं जानता हूँ, समाज में

जवाब दी हुई लड़की को कलंक झेलने पड़ते हैं। यही जानकर उसके परिवारवालों ने उसकी चटपट शादी कर दी।"

"सही बात, शादी हो गई तब हमें पता चला कि जवाब दे चुके थे तुम।"

"इतना आसान नहीं था जवाब देना भाई जी।"

"दे दिया न! परिणाम भोग रहे हो।"

"भोग रहा हूँ। वह भी मेरे किए का फल भोग रही है। वह भी मन में मुझ नाचीज को धारण किए हुए है।"

"तुम या पुनकला तो प्रेमी हो, नाचीज हो सकते हैं। लेकिन जो प्रेम किया है वह नाचीज नहीं है।"

"जी, प्रेम अपने आप में उदात्त भाव है जो बिरले को प्राप्त होता है। लेकिन मेरे जैसे कुपात्र को मिल गया तो यही गति होती है। मैं विवश हूँ।"

"उसे अपनी जगह रहने दो। सामाजिक कार्य है यह कि शादी करो, जीवन के रस लो।"

"अभी दिमाग कोरे स्लेट की तरह साफ है।"

"चलो देखो, समय बहुत कुछ बदल देता है।"

"काश, कि मुझे बदल दे समय, या लौटा दे।"

दोनों साथ-साथ हँस पड़े।

"लगता है आप लोगों को खबर पहले से पता है।" एक साथी बोला था।

"कैसी खबर?" मोहन सिंह ने पूछा।

"तो आनन्दित होने की कोई और वजह थी क्या?" साथी ने कहा।

"हाँ थी। पर तुम कौन सी खबर लाए हो?"

"बताओ तो।"

"इमरजेंसी खत्म हो रही है।"

"सच क्या?"

"हाँ, उधर रेडियो में सुना सबों ने।"

"अरे! चलो हम भी सुनते हैं।" रेडियो के पास खासी भीड़ इकट्ठी थी। सभी के चेहरे चमक रहे थे। बन्धनमुक्ति के अहसास से सबका चेहरा खिला-खिला-सा था। युवक और अधेड़ सब अपनी अगली योजनाएँ बना रहे थे। आम चुनाव की घोषणा हो चुकी थी। जेलों में लोग कसमसा रहे थे।

"सुधीर, गाँव तो चलोगे?"

"अभी नहीं भाई जी, मैं जे.पी. के आवास से गिरफ्तार हुआ था। वहीं जाना होगा। उनका जो आदेश होगा वैसा करूँगा।"

"वे नहीं हैं, उनकी तबीयत अधिक खराब हो गई है। उन्हें बम्बई ले गए हैं। सम्भवतः डायलिसिस होगा।"

"ओह, यह तो बुरी खबर है। फिर भी मैं आवास पर ही जाऊँगा। मेरे लिए जिस कार्य का निर्देश होगा वह करूँगा। सचिव तथा वरीय कार्यकर्ता लोग हैं न!"

"तुम ठीक कहते हो। लेकिन अगर थोड़ी भी फुरसत हो तो बेझिझक मेरे यहाँ आ जाना। हम दोनों साथ काम करेंगे।" इस पर मोहन को सुधीर कुछ न कह सका पर मन से विचारा—मैं कैसे उस ठाकुरगाँव चला जाऊँ जहाँ की बेटी को बिना अपराध के अकेला कर भाग गया? कैसे हिम्मत करूँगा? सद्भाव और प्रेम-प्यार अपने अन्दर की चीज है, लोगों को उससे क्या लेना-देना?

कुछ ही दिनों की बात थी। एक-एक कर सारे आन्दोलनकारी छात्र तथा नागरिक जेल से निकल गए। सुधीर सीधे जे.पी. आवास आया। विभिन्न जेलों से छूटकर ढेर सारे युवा संघर्षवाहिनी के लोग आ चुके थे। जे.पी. नहीं थे पर यहाँ माहौल ऐसा नहीं था कि वे अनुपस्थित हैं। ऊर्जावान युवक जत्थों में उत्साह से गाते फिर रहे थे—

सम्पूर्ण क्रान्ति अब नारा है
भावी इतिहास हमारा है।

सरदार माइंजन छीतन हजारी को बुखार चढ़ा। एक-दो दिन वह वैसे ही पड़ा रहा, गरम दूध और हल्दी शुद्ध गाय के घी के साथ पीकर लेकिन बुखार उतरा नहीं।

"ए जी, मालती के बाबू, ऐसे तो नहीं चलेगा, डॉक्टर को दिखाना पड़ेगा। कल चलिए सहरसा।" पुनकला ने कहा।

"तुम भी ठाकुरगाँव वाली हद करती हो। नीमक देकर पानी दो, गरारा करते हैं, काढ़ा तुलसी का दो, उसी से ठीक हो जाएगा।"

"नहीं होगा ठीक, दवाई से ठीक होगा। आप नहीं सुनेंगे तब हम बाबू को पटना फोन करवा देंगे।"

"सुनो, होमियोपैथिक डाक्टर साहब को बुलवा दो। उनकी दवाई से शर्तिया ठीक हो जाएँगे।"

पुनकला ने खबर कर बकुनिया वाले होमियोपैथ को बुला भेजा। उन्होंने तत्काल दवा दी और कहा, "सरदार, आप तुरन्त सहरसा चलिए आपको मेरी दवा फायदा नहीं करेगी।"

पुनकला घबड़ा गई। गाँव के दो नवयुवकों के पास बाइक थी। सहरसा दूर था पर नवहट्टा में एक डॉक्टर थे। अपने घर पर दो-चार बिस्तर लगाकर मरीज भी रखते। पूरी तरह कम्बल-चादर से लपेटकर बाइक से उन्हें डॉक्टर के यहाँ ले गए। डॉक्टर ने तुरन्त भर्ती कर इलाज शुरू कर दिया। वहीं से मुनेसर हजारी को फोन कर दिया गया। डॉक्टर ने उन लड़कों से कहा कि लाने में देर कर दी, इन्हें निमोनिया हो गया है। छीतन बचाए न जा सके। अस्पताल में ही दम तोड़ दिया। तब तक मुनेसर आ गए थे। उन्हें पछतावा हो रहा था कि क्यों वे सही समय पर

नहीं आए। उन्हें पता क्यों देर से चला, लेकिन जो होना था सो हो गया। पुनकला अवाक् रह गई। क्रियाकर्म के बाद बेटा-बहू एक माह रहकर नौकरी पर गए। माँ को समझाया कि वे धैर्य धरें। एक स्त्री जो घर के काम में मदद करती थी उसे कहा कि वह यहीं रह जाए।

"काकी, तुम यहीं अम्मा के पास रह जाओ, क्या हर्ज है? हम तुम्हारे बेटे से बात कर लेते हैं। बदले में दस कट्ठा जमीन करे वो, और सोलहनी उपजा घर में रखे।"

"बाबू रे, तुम्हारी अम्मा से हमको लगाव है ही। है जिठानी पर उमर में छोटी है सो बहिन दाई कहती है। तुम सेसर गिरहथ (गृहस्थ) हो, हम कमजोर लेकिन कभी ठाकुरगाँव वाली हमारे बच्चों को भूखों न सोने दी। अपने घर में दुलहिन है ही सँभालने के लिए, हम यहीं रह जाएँगे। निफिकिर रहो।"

मुनेसर सचमुच आश्वस्त हुआ। उसी के साथ लालती भी पटना चली गई। लालती पटना के एक स्कूल में पढ़ाती थी। उसका पति सचिवालय की नौकरी में था। मालती और शान्ति तीन से छह महीने रहीं। फिर जल्दी-जल्दी आने का आश्वासन देकर गईं। सबके जाने पर पुनकला को सचमुच सूना-सूना लगने लगा।

मुनेसर की शादी के समय पुराने सिकमी खपरैल के सामने पक्का शहरी कट का घर बना। आँगन में दो शौचालय बना, नहानघर बना। इस तरह घर-आँगन बड़ा बन गया और रहने वाले कोई नहीं। सरदार थे तो आने-जाने वालों की गहमागहमी रहती। खाना-नाश्ता बनता रहता, इन दिनों चाय भी खूब चलती। वह सब बन्द हुआ। बेटा-बहू, पोता-पोती तथा बेटियाँ थीं तब छीतन के जाने के बाद भी रौनक रहती। अब पुनकला खाली थी। छीतन ऐसे चले जाएँगे यह नहीं सोचा था। पुनकला को अब लग रहा था कि उसे छीतन से एक अनचीन्हा-सा लगाव भी

हो गया था। अब लग रहा था कि उसका रिश्ता मात्र देह का ही नहीं था। मन भी कहीं-न-कहीं जुड़ गया था। जहाँ ये जुड़े थे वह खालीपन भरता था। पुनकला सन्तानों से पूरी तरह जुड़ी थीं और वे छीतन की थीं। लेकिन अब लगता है कि मन का वह कोना सचमुच खाली हो गया है जहाँ यह उम्रदराज सरदार माइंजन रहता था। अपनी पूरी जिन्दगी को देखती है पुनकला तो सरदार ही उसकी नैया के खेवनहार नजर आते हैं। उसने उनके घर को, उनके बच्चों को सँवारकर रखा तो उन्होंने भी उसकी कही-अनकही इच्छा का मान रखा। उनकी कोई बात उसे नहीं चुभती थी। चुभता था तो सिर्फ एक उपालम्भ जो उसके लिए नहीं होता था। वह होता था उसके पूर्व पति सुधीर हजारी के लिए।

सुधीर के सम्बन्ध में जो कहें मान्य होता; वह गैर जिम्मेदार है, पढ़-लिख कर सिरफिरा मूरख है पर यह बात उसके दिल के आर-पार चली जाती थी कि वह मरद था ही नहीं, वह पुंसत्वहीन था। तब इसका दिल घायल हो जाता, चीत्कार कर उठता। जी चाहता वह चीख-चीखकर कहे, "यह सच नहीं है, वह पूरा जवाँमर्द था, वह नपुंसक नहीं था पर हाँ, बौरहा तो था। पता नहीं किस दुनिया को बराबर करने का सपना सँजोए हुए सब कुछ त्यागता हुआ अपना प्राण त्याग गया। हाँ, इसके कानों में उड़ती खबर पड़ी थी कि सुधीर पुलिस की गोली से मारा गया है। लेकिन जब छीतन हजारी ने खुद कहा, "ठाकुरगाँव वाली, तुम्हारा बियहुआ पुलिस की गोली से मारा गया तब वह व्याकुल होकर रो उठी। उसने थोड़ी देर रोने दिया और कहा, "रो ले ठाकुरगाँव वाली, रो ले। बस आँसू ही तो उसके लिए बहाएगी, बियहुआ था तेरा। न सिन्दूर धोएगी, न लहठी तोड़ेगी, नाखून भी नहीं काटेगी, बस रोएगी। रो ले।"

आँसू पोंछकर पुनकला उठ गई थी। दूसरे दिन सुबह उठी तो अपने से नाखून काट लिया और सिर धोकर नहा लिया। लोटे में भरकर दक्खिन

तरफ जल गिराकर मन-ही-मन तर्पण कर दिया। सरदार जब उठा तब तक भर हाथ चूड़ी और माँग भर पीला सिन्दूर पहन चुकी थी। कभी-कभी पुनकला सोचती है कि स्त्री का मन कौन पढ़ सकता है? एक बार ही सच्चा प्रेम होता है, यह सच है पर बार-बार प्रेम की गुंजाइश तो है ही। छीतन से प्रेम नहीं था तो उसके घर को इतने मन से क्यों सँवारा? रहती जैसी-तैसी? प्रेम नहीं था तो उसके बच्चों को अपना क्यों माना? उसके जरा से छींकने, चोट खाने पर विकल क्यों हो जाती थी? आज घर और दुनिया उजड़ी-उजड़ी सी क्यों लगती है? न, वह छीतन से प्रेम करने लगी थी। उस सुधीर हजारी के साथ सिर्फ सात दिन रही, वह इसका पहला प्रेम था जिसे वह दस साल से जी रही थी। अतृप्त प्रेम था जिसमें तृप्ति की ललक थी, सबसे बड़ा वह बियहुआ था। छीतन की पचीस साल से अधिक बीबी रही, किसी विधि-व्यवहार में हिस्सा न ले सकी। यह सम्बन्ध की बीबी जो थी। न छीतन पहला मरद था इसका, न यह पहली औरत थी उसकी। यही रिवाज है सो बिना कारण सगही औरत का ठप्पा कई बार इसे उदास कर जाता। तब इसे बड़ा गुस्सा आता अपने बियहुआ मरद सुधीर पर। कहते हैं लोग पढ़-लिखकर अकल आती है, वह तो कितना कमअक्ल इनसान निकला। खुद भी सब कुछ छोड़ वन-वन घूम पुलिस की गोली से मारा गया। इसे भी सगही औरत बनाकर छोड़ा। सबके चले जाने के बाद खेत-खलिहान और चक्की का हिसाब, दूध पेरने वाले मशीन का हिसाब देने लोग आने लगे। पुनकला आँगन में आए अनाज और भोजन-पानी और कपड़े की व्यवस्था करती रही है। बच्चों के लालन-पालन, शादी-ब्याह की घरेलू व्यवस्था भी। उसे बाहरी काम से मतलब नहीं था। अब वह सब उसी के मत्थे आ गया। पहली बार खीज हुई उसे, पर धीरे-धीरे सब सामान्य हुआ। या यूँ कहें कि काफी अच्छा हुआ। वह रम गई अपने काम में। शाम के शाम चक्की और दूध, मक्खन की मशीन का

हिसाब देने मिस्त्री आता, वही बही पर हिसाब लिख देता, तब पुनकला को अपनी मूर्खता पर तरस आता। साथ ही तरस आता गाँव की पूरी जमात पर जो अनपढ़ है। वह यादव हो, बाभन या बाबू साहेब हो। जब वे लोग भी अनपढ़ हैं तो हजारी और सदा की औरतें क्य पढ़ेंगी-लिखेंगी। तीस साल हो गए लोग अपना तिरंगा झंडा फहरा रहे हैं। मुनेसर सफेद कुरता-पाजामा पहनकर माथे पर खादी की गांधी टोपी लगाकर अपने हाथ से बनाए कागज का तिरंगा लेकर जाता था, सो देखकर उसका दिल बड़ा हो जाता था। कुछ लड़कियाँ जो पढ़ने जातीं वे भी सफेद सलवार-कुर्ती पहनकर तथा सफेद रिबन चोटी में लगाकर जातीं। पुनकला को जान पड़ता वह उस जमात में शामिल है। यही तो है दुनिया का बराबर होना, शायद इसीलिए सुधीर हजारी लड़ रहा था। गाँव में जितनी नई और अच्छी घटना घटती वह सुधीर की याद दिला जाती। इसी बीच में बाबू आए थे, तब बैंक में खाता माँ और अपने साथ का शामिल करके खोल गए थे। महीने भर की आमदनी उसमें रख दी जाती थी। घर का खर्चा, डीजल का खर्चा, रोजमर्रा की आमदनी से काम चल जाता।

एक दिन मिस्त्री ने आकर कहा, "चाची, चक्की तो बीस-पचीस साल से चलती है। अपना ट्रैक्टर भी है, अब अगर एक हॉलर बैठा लें तब गाँव-इलाके के लोगों को दूर नहीं जाना पड़ेगा।"

"सब कुछ हम ही बैठा लें?" पुनकला विरक्त थी।

"चाची, हम हैं ही। अपने गाँव के लोग यहीं कुटवा लेंगे धान। चावल और चूड़ा का अलग-अलग डाला लेंगे। बैलगाड़ी में लादकर दूर गाँव में जाकर चावल और चूड़ा कुटवाते हैं। दो-दो दिन लग जाता है। जरूरी तो है।"

"अच्छा! दूर जाएँगे तो लगेगा न समय, हम भी बैलगाड़ी पर भेजते हैं चावल कूटने।"

"मुनेसर मालिक को कह दीजिए चाची, वही पटना से लेते आएँगे।"

"आने दो, खुद कहना। बच्चों की छुट्टी होने वाली है, वे जरूर आएँगे।" लेकिन छुट्टी से पहले मुनेसर का फोन आया कि बच्चों का इस गर्मी की छुट्टी में दार्जिलिंग जाने का मन है। दार्जिलिंग में समय बिताकर वे गाँव आएँगे, तब तक बैंक से रुपए निकालकर मुजफ्फरपुर से हॉलर खरीद लिया जाए। वही हुआ। पुनकला ने बैंक से रुपए लेकर हॉलर खरीदने के लिए नगद रुपए दिए। मिस्त्री और एक और सवांग मुजफ्फरपुर जाकर हॉलर खरीद लाया। अब अधिक गहमागहमी होने लगी। आमदनी भी कुछ बढ़ी। आमदनी बढ़े इसकी लालसा पुनकला को नहीं थी। वह तो गहमागहमी बनी रहे यह चाहती थी। ऐसे ही समय उसकी तबीयत खराब हुई और वह पटना ऑपरेशन कराने गई, साथ लीला को लेकर आई।

सबों को लगता है कि उसका अपना दुख सबसे बड़ा है। लेकिन अपने दुख से कहीं बड़ा किसी और का देख सब हल्का लगने लगता है। पुनकला भरे-पूरे परिवार की लड़की थी। बचपन घरवा-दुअरवा खेलते बीता, बकरी के पीछे सारी सखियों के साथ भागते बीता। थोड़ी बड़ी हुई तब गाय के लिए घास भी काटती। बथान पर दो बैल थे, उनकी सानी-पानी भी करती। सखी-सहेली में हजारी टोले से लेकर कुर्मी टोले तथा बाबू साहेब के घर तक दायरा था। कोई ठीक से पढ़ना-लिखना नहीं जानती थी। रिवाज ही नहीं था। ये सभी बाहर गोटी खेलती, काम करती बड़ी हुईं। बाबू साहब की हवेली की लड़कियाँ सिलाई-बुनाई करती बड़ी हुईं। किसी-किसी लड़की ने ये हुनर भी सीखी। थोड़ा-बहुत पुनकला भी जानती थी। लेकिन जो सबसे ज्यादा जरूरी था वही नहीं जान पाई। पटना जाकर उसे अधिक अखर जाता। वहाँ सभी पढ़े-लिखे नजर आते। क्यों न हों, यह सबसे बड़ा शहर है, राजधानी है। बहुत सारे स्कूल और कॉलेज हैं, उनमें कितनी तो लड़कियाँ पढ़ती हैं।

अपनी लालती जिस स्कूल में पढ़ाने जाती है वहाँ भी रंग-बिरंगी लड़कियाँ पढ़ती हैं। यह देख इसका मन पूरा हो जाता कि उसकी बेटी लालती इसी की कोशिश से पढ़-लिख तो गई। यह लीला जो उसकी चौथी बेटी बनकर आई उसे कौन सा सुख मिला। माँ नहीं रही, बाप नहीं रहा। बुआ के बच्चों के साथ पली। बच्चे यदि नानी-मामी की गोद में पलते हैं तो वहाँ पूरा रिश्ता होता है, नानी का गाँव होता है। वह गाँव जहाँ उसकी माँ की पहचान होती है रची-बसी। यहाँ फुआ के यहाँ सिर्फ फुआ और उनके चार बच्चे। उन बच्चों को भी इससे न कोई सहानुभूति थी, न प्यार। वे इसे नीची नजर से देखते। फुआ की जिद के कारण अपनी बहनों के साथ इसने मैट्रिक, आई.ए. पास कर लिया था। कुछ सीना-पिरोना और घरऊ काम सीख लिया था। फुआ के बड़े से गाय-भैंस के तबेले के गोबर बीनते समय गुजरता। अपेक्षित बचपन और दग्ध यौवन। बेचारी का जानबूझकर अशक्त, मानसिक रूप से कमजोर पुरुष से विवाह कर दिया गया। लीला ने स्वयं बताया था कि उस अशक्त पुरुष का वह खयाल रखने लगी थी, वह उससे हिलमिल गया था। सदा चिपका रहता था। तब रात को उसके घर के पुरुष या कोई अन्य पुरुष आते तो वह इसे पकड़ लेता; अपनी अस्फुट बोली में उन्हें गालियाँ देने लगता। बदले में वे इसे झकझोरकर हटाते। मारते-पीटते। लीला हाथ जोड़कर कहती, "इन्हें न पीटो, हम वह सब कुछ करने को तैयार हैं, छोड़ दो।" वे दूसरे कमरे में ले जाकर उसे बन्द कर देते।

लीला की भयानक कथा सुन पुनकला सिहर उठती। ऐसे दुख जिसकी कल्पना तक नहीं कर सकती। यह जानती भी नहीं कि किसी स्त्री का सामूहिक बलात्कार हो सकता है। यह सोच भी नहीं सकती प्रतिष्ठित यादव परिवार में स्त्री के साथ कोई इस तरह का धन्धा कर सकता है। सीधे-सादे इलाके वाले कैसे जान सकेंगे कि तथाकथित आधुनिक समाज

में क्या होता है? उज्ज्वल दिखाई पड़ने वाली चादर के नीचे कितनी गन्दगी छुपी है। जहाँ स्त्री की इज्जत नहीं वह क्या आधुनिक नाहक लोग उन्हें आगे बढ़ा हुआ और इस बन्द इलाके को पिछड़ा हुआ मानते हैं। माना कि यहाँ कोई ट्रेन, बस, गाड़ी नहीं आती, लोग अब भी सौ साल पिछड़े हैं पर उस गन्दगी से बचे तो हैं।

"एक ही दुख सताता है अम्मा, मेरे उस सीधे-सादे आदमी के साथ क्या सलूक करते होंगे वे राक्षस!" आँखों में आँसू भरकर तड़पकर कहती है लीला।

"सबों को, स्त्री-लड़कियों को पढ़ना-लिखना आना चाहिए अम्मा, अपने पैरों पर खड़ी होने की कोशिश करनी चाहिए, अपने हाथ में कुछ रुपए-पैसे होने चाहिए।

"गाँव-घर में मजदूरी करने वाली को जब तक शरीर में ताकत है कोई तकलीफ नहीं, बाद में बहुत दुर्गति है। कोई देखने वाला नहीं। जिसके बाल-बच्चे बाहर कमाने चले गए हैं, उस बूढ़ा-बूढ़ी को भी तकलीफ है।

"फिर भी अम्मा, गाँव में लाजे-लिहाजे इज्जत के साथ जान भी बच जाती है।

"सब टूट रहा है। पंचायत वृद्धा पेंशन में भी गड़बड़ी करती है। कुछ झूठ-मूठ पकड़ा देता है।

"अँगूठा लगाने वाली को क्या मालूम कि क्या लिखा है। पंचायत का तो भगवान ही मालिक है। जहाँ औरत की रिजर्व सीट है वहाँ भारी घपला-घोटाला रहता है।

"अम्मा, कुछ औरतें अब बोलने लगी हैं।"

"कुछ से क्या मतलब? उस पच्छिम वाले गाँव की बात करती हो? वहाँ मामला दूसरा था। नैहर के ठीकेदार को मुखिया जी ठीका देना चाहती थी, इधर आदमी और ससुर अपने कब्जे के ठीकेदार को देना चाहते थे।"

लीला हँस पड़ी और बोली, "इसी तरह मनमर्जी चलाने लगेगी लेकिन मूर्ख होने से बात बिगड़ जाती है न!"

दोनों इस बात पर देर तक हँसती रहीं।

लीला जिन लड़के-लड़कियों को पढ़ाती थी उसमें कुछ-न-कुछ संकट आता रहता। लड़कियाँ आठवीं तक गाँव के स्कूल की होतीं, कुछ हाईस्कूल की भी होतीं। लड़के सारे हाईस्कूल के होते जो अमूमन परीक्षा की तैयारी करने आते। लीला दीदी गणित अच्छा जानती थीं और यही छात्रों की दुखती रग थी। स्कूल के मास्टर साहब भी खा़नगी ट्यूशन देते थे। लीला ने पिछले दो सालों में जिन बच्चों को गणित पढ़ाया वे बहुत अच्छे अंक से पास हो गए। स्कूल के मास्टर साहब के पास वाले कुछ ही बच्चे पास हो पाए। बाकी रह गए। लीला की अहमियत तब समझ में आई। अब कम-से-कम पचही टोला और बकुनिया के बच्चे इसी से पढ़ते। लीला के लिए कुछ खर्चना नहीं पड़ता था पहले। लेकिन कुछ साल पहले मुनेसर हजारी ने लोगों को बुलाकर समझाया कि विद्यादान का लाभ गुरुदक्षिणा के बिना नहीं होता। ऐसा नहीं है कि लीला बहन को कोई जरूरत है बल्कि आपको जरूरत है। उसके बाद लोगों ने कुछ-न-कुछ देना शुरू किया। लीला के बैंक में जो रुपए जमा होते हैं वे कभी निकलते नहीं।

चढ़ती नदी का ज्वार, अँखुआते बीज और पुरवाई का दर्द कभी कम नहीं होने वाला। एक सातवीं कक्षा की लड़की को ग्यारहवीं के लड़के ने प्रेमपत्र लिख दिया। गाँव में लड़कियों को खूब डरा-समझाकर रखा जाता कि जिससे तेरा ब्याह होगा वही तुमको छुएगा, वही चिट्ठी-पत्री लिखेगा वरना घोर पाप लगेगा। वह लड़की पत्र पाकर रोने लगी थी। लीला ने देखा और उसे बुलाया। पत्र देखा, पत्र में मात्र यही लिखा था कि तुम मुझे अच्छी लगती हो। हम तुमसे प्यार करते हैं। तुमसे शादी

करना चाहते हैं। लीला ने उस लड़की और उसकी सहेलियों को समझाया कि उस लड़के से मैं बात करूँगी। पत्र अपने पास रख लिया। लड़कियों को समझाया कि बात को तूल न दें। ऐसी बातें कहाँ छुपी होती हैं, बैर और प्रीति। एक दिन लड़की के पिता लीला से मिलने आए। वह इसी गाँव के किसान थे। खाते-पीते किसान। थोड़ी अपनी खेती थी, थोड़ी बटाई कर लेते। मेहनती थे। उनके पास एक बैल था, दूसरा बैल उनके चचेरे भाई के पास था। दोनों अलट-पलटकर खेत जोत लेते। पहली जुताई छीतन हजारी के ट्रैक्टर से होती फिर अगली महीन जुताई के लिए हल बैल ठीक था। उसके पूछने पर लीला को बताना पड़ा। लेकिन समझाया कि यह कोई खास बात नहीं है। बातचीत आँगन में हो रही थी। पुनकला के सामने सब बैठे थे।

"चाची, बेटी का मामला है, हल्ला हो जाएगा तब इज्जत उतर जाएगी। अब हम जल्दी इसका ब्याह कर देंगे।" लड़की के पिता ने कहा।

"लड़का कौन है लीला?" पुनकला ने प्रश्न किया। लड़का दूसरे निकट के गाँव का था। संयोग से वह हजारी ही था।

"तुम उसी के यहाँ शादी की बात करने क्यों नहीं जाते?" पुनकला ने कहा।

"क्या बात करती हैं चाची?" लड़की के पिता ने कहा।

"अरे, तो ज.ातभाई है, लड़का को लड़की पसन्द होगी तभी न चिट्ठी लिखी, उतनी तो लड़कियाँ हैं?"

लीला को पुनकला के आधुनिक विचार सुनकर मजा आ रहा था और लड़की के पिता अचम्भित थे।

"चाची, ऊ लोग सेसर आदमी हैं। दरवाजे पर ट्रैक्टर है। एक पार्टी का प्रखंड का नेता है। खूब पढ़ा-लिखा लोग है और हम हैं नंगा फकीर; जात होने से क्या होता है, हमारी औकात उसके दुआर पर जाने की है?"

"ऐसे नहीं सोचते हैं। तुम रुको, बबुआ मुनेसर को आने दो, वह जाएगा।"

"चाची, ई असम्भव है।"

"चाची कहते हो तो मान रखो।"

"एक मिनट, आप लोग सातवीं में पढ़ने वाली चौदह साल की बच्ची की शादी की बात कर रहे हैं। यह अपराध है।"

"दीदी जी, यह पटना नहीं है, कोसिकन्हा का गाँव है।" पिता ने कहा।

"कानून पूरे देश के लिए होता है। पटना के लिए अलग नहीं।"

"बात ठीक ही कहती है लीला। तुम जरा ज्यादा तूल दे रहे हो बात को।" पुनकला ने समझाने की कोशिश की।

"चाची, आप समझिए न, सारे गाँव में चिट्ठी-पत्री का किस्सा फैल जाएगा। बदनामी के बाद बियाह मसकिल्ल।"

"एक बात सुनो, चिट्ठी-पत्री से क्या होता है? ठीक है होता भी हो तो कोई बात नहीं, मुनेसर को बुलाकर शादी तय करवाते हैं। फूल-पान चढ़ाकर छोड़ सकते हैं। तब तो बदनामी का डर खतम?"

"उसके यहाँ जाना बेकार है। नेता सबके साथ रहकर खोसामद करके धन कमाया है। आपको मालूम है कि कुसहा बाँध के टूटने के समय पुनर्वास पर हजारों टन प्लास्टिक तम्बू तानने का ठीका मिला था इसको। घटिया पन्नी सप्लाई कर पैसा कमाया। चार ट्रैक्टर खरीदकर खाना सप्लाई का ठेका लिया। ई आदमी महापतित है, टका-पैसा छोड़कर कुछ नहीं जानता है।" लड़की के पिता ने कहा।

यह विचारणीय था। पुनकला जानती थी कि इधर के बहुत से छुटभैये नेतानुमा लोग कुसहा बाँध टूटने के समय सेवा कार्य के लिए आगे आए। ऊपर से उनके काम दिखाई पड़ते थे, भीतर-ही-भीतर बड़े-बड़े घोटालों के सरगना हो गए। यह बकुनिया वाला हजारी यहाँ का साबिक बाशिन्दा है भी नहीं। इसका ननिहाल यहाँ है। नाना के डीह पर आ बसा है। यह

पच्छिम तरफ का है। पच्छिम में लगातार पासवान नेताजी एम.पी. और मिनिस्टर हुए हैं। उनके आगे-पीछे डोलकर फायदा उठाता रहा है। उनके लिए भरना पर के पचपनिया का वोट जुटाने का काम करता था। उसी का फायदा मिला कुसहा बाँध टूटने पर आफत आने पर। पहले शेड बनाने के प्लास्टिक और पीछे खाना का पैकेट बाँटने का ठीका मिला। जिस यादव जी का दोस्त बना फिरता है वो दवाई और डी.डी.टी. का घोटालेबाज है। दस साल में ये लोग कहाँ से कहाँ पहुँच गए। तब उसके यहाँ जाना बेकार है। वह घर इसके लायक होगा भी नहीं।

"सुनिए भैया, आप कहें तो हम आपकी बेटी और उसकी सहेली लोगों के लिए समय बदल देंगे। जो हल्ला कर रहा है उसे कहिए कि वह मुझसे आकर पूछे सच क्या है। मुझे मालूम है आपकी बेटी अच्छी है, वह पढ़ाई में मन लगाती है।" लीला ने समाधान दिया।

"तुम तो अपनी खेती-बारी करो। बेटी की चिन्ता छोड़ दो।" पुनकला ने कहा।

"ठीक है चाची, लीला दीदी आप लोग हमारे गार्जियन हैं। कानून हम भी तोड़ना नहीं चाहते हैं।" वह सन्तुष्ट होकर चला गया।

"अम्मा, बड़े घर का घटाटोप मैं जानती हूँ, वह भी नेताओं के पिछलग्गुओं का। वे लोग अपने फायदे के लिए कुछ भी अनर्गल कर सकते हैं। इसीलिए मना किया।" लीला ने पुनकला से कहा।

"ठीक की। ऐसे भी शादी की कोई हड़बड़ी है? लड़की लोग दो अच्छर का बोध पा जाए तब करे शादी। और इस चिट्ठी-पत्री से क्या होगा? शादी होती है, रचती-बसती है, संग-साथ होता है तब टूट जाती है, दूसरी शादी हो जाती है। तब कौन सा अकास टूट जाता है? यह बेकार का राग अलाप रहा था।" पुनकला ने एक कटु सत्य की ओर इशारा किया। लीला ने समझ लिया, अम्मा को अपना दुख याद आ गया।

"उस लड़के की पढ़ाई पूरी हो गई है अम्मा। कुछ दिनों में परीक्षा होगी। दस दिन का मामला है।" लीला ने कहा।

"हाँ, तब तो मामला ही खतम।" पुनकला ने कहा।

"मैं सोचती हूँ अब किसी लड़के को नहीं पढ़ाऊँगी। यह सब चलता रहेगा। लड़के मोबाइल देख-देखकर ज्यादा ही अकलमंद हो रहे हैं।" लीला एक निर्णय लेना चाहती थी।

"अगर गुरुजी का धरम पालन करना है तब जो सोच रही हो वह ठीक नहीं। विद्यार्थी सब बराबर है।" हँसकर कहा पुनकला ने। लीला भी हँस पड़ी। उसने निर्णय लिया कि अब लड़कों को नहीं पढ़ाएगी।

सुधीर हजारी जेल से छूटकर पटना लौट आए थे। कुछ दिनों की प्रतीक्षा के बाद जयप्रकाश जी लौट आए थे, लौट आई थी सारी रौनकें। लेकिन जे.पी. बीमार थे। उनके पास सदा डॉक्टर को रहना होता था। चुनाव की गहमागहमी थी, जनता पार्टी का गठन हो गया था। जे.पी. देख रहे थे कि आन्दोलन की तरह विशाल जनता पार्टी में भी कई अवांछित चेहरे आ रहे हैं। उनका मानना था कि हृदय परिवर्तन होगा। वे अपने आपको उदाहरण मानते थे जो उनकी ऐतिहासिक भूल साबित हुई। कार्यकर्ताओं को कार्यक्षेत्र बाँटा गया। सुधीर हजारी को उसी के इलाके में जाने का आदेश पारित किया गया। सुधीर की इच्छा यही थी लेकिन यह सब अनायास हुआ। सुधीर को अपने घर जाना था। मोहन सिंह से अपने घर की बातें उन्हें मोटा-मोटी ज्ञात थीं। माता-पिता नहीं रहे थे, छोटे भाई और बहनों का परिवार था। छोटे भाई का बेटा पढ़-लिखकर सरकार में इंजीनियर था। कई भान्जे-भान्जियाँ अच्छी जगह शिक्षा प्राप्त कर रहे थे। परिश्रमी भाई खेत सँभालता, ट्रैक्टर चलाता। ट्रेलर रहने के कारण इलाके

भर के अनाज कुशेश्वर स्थान के पास मंडियों में गिरा आता। अच्छी गँवई आमदनी थी।

सुधीर भरे दिल से एक दिन अपने घर के दरवाजे पर जा खड़ा हुआ। आगे दालान में रंग-रोगन था लेकिन पीछे आँगन की ओर का भाग जर्जर जान पड़ा। पूरे इलाके की जर्जर हालत को देखता आया था सुधीर। कोसी के दोनों तटबन्ध के बीच की भूमि जलमग्न थी या कास पटेर के वे जंगल हो गए थे जिन्हें बहुत पहले तोड़कर खेतों में मिला लिया था लोगों ने। अब फिर पचास साल पहले की दु:अवस्था में था पूरा इलाका। सुधीर का दिल भर आया। इतने कठिन समय में यह गाँव-घर छोड़कर क्यों भाग गया? जब-जब सुनता कि बेहद बाढ़ आती है, तब-तब कई-कई मौत मरता। अभी जेल में था सन् 1976 में तभी भीषण बाढ़ आई थी। दबाव पूर्वी तटबन्ध पर था। लाख कोशिश के बाद भी टूट गया था। जल में सर्वस्वांत हो गया था। पुनकला के ससुराल का पता नहीं क्या हाल हुआ होगा? मोहन सिंह को पत्र आते थे। पूछने पर पता चला कि अन्दर वाले लोगों से ज्यादा बाहरी लोगों को झेलना पड़ा। पूर्वी तटबन्ध को बनते देखा था सुधीर ने। बल्कि छात्रदल के साथ श्रमदान करने भी गया था। लौटने पर देखा कि पश्चिमी तटबन्ध रोकने के लिए जोरदार आन्दोलन चल रहा है। तब अनिश्चय में पड़ गया था। अब समझ में आ रहा है कि तटबन्ध का बनना कितना खतरनाक है। लाखों की आबादी किसान से मजदूर बनकर नगरों-महानगरों में जा बसी है। खादी का झोला लटकाए वह अपने दालान के सामने खड़ा था।

"आप कहाँ से आए हैं अभ्यागत?" एक फ्रॉक पहने नन्ही सी लड़की ने पूछा। वह अन्दर से किसी घूँघटवाली की प्रेरणा से पूछ रही थी।

"हम अभ्यागत नहीं; घरैया हैं।" कौतुक से मुस्कुराया सुधीर। बच्ची अन्दर से इशारा प्राप्त कर रही है। उसे बुलाया जा रहा था। थोड़ी देर में उसने एक लोटा पानी लाकर उसके पैरों पर उड़ेल दिया।

"आइए अन्दर बेंच पर बैठिए।" उसने कहा। सुधीर अपने धूलसने पैरों और चप्पल को धुला देख आनन्द से भर उठा। चप्पल वहीं छोड़ दालान में बिछी चौकी पर बैठ गया। एक हरी चूड़ियों से भरा हाथ आँगन के दरवाजे से आया जिसमें जल भरा लोटा था। लड़की ने लपककर लोटा लिया और चौकी पर रख दिया। फिर वह हाथ से बनी सीकी डलिया में लइया लेकर आई। लड़की ने वह भी लेकर चौकी पर रखा।

"लीजिए, पानी पी लीजिए।" सुधीर ने बच्ची को दुलराया। जल पीया।

"तुम्हारा नाम क्या है बिटिया?"

"प्रियंका नाम है।" उसने कहा।

"बहुत अच्छा नाम है। किसने रखा?"

"मेरे मामा ने।"

"तुम्हारे बाबू का क्या नाम है?"

"दिलीप हजारी पापा और विनोद हजारी दादाजी।"

"अच्छा, तो तुम पोती हो?" उसे गोद में उठाकर ऊपर चौकी पर बिठा लिया सुधीर ने। रोमांच हो आया स्पर्श से। अपना खून अपना ही होता है। गाढ़ा और सुर्ख, पानी की तरह नहीं, पल-पल रंग बदलने वाला।

"तुम पढ़ती हो बिटिया?"

"हाँ, मैं फर्स्ट स्टैंडर्ड में हूँ।"

"अच्छा! यहाँ पब्लिक स्कूल खुला है? कहाँ?" हैरत हुई उसे।

"ओफ्फोह, मैं यहाँ थोड़ी पढ़ती हूँ, मैं तो हजारीबाग में पढ़ती हूँ।" बच्ची ने आजिजी से कहा।

"ओऽऽ, अच्छा तो तुम यहाँ नहीं रहतीं?"

"नहीं, पापा का ट्रांसफर भागलपुर हो गया है। हम लोग यहाँ हैं। वे जब भागलपुर जाएँगे, घर मिल जाएगा तब हम चले जाएँगे।"

इनकी बातें चल ही रही थीं कि विनोद हजारी दो व्यक्तियों के साथ आ पहुँचे। सुधीर ने विनोद को बढ़ती उम्र के बावजूद पहचान लिया। उसके मन में असीम करुणा का ज्वार उमड़ आया।

"विनोद, मेरा नन्हका।" कहकर गले लगाने लपके सुधीर। क्षणांश में विनोद ने भाई को पहचान लिया। दोनों भाई एक-दूसरे से ऐसे मिल रहे थे मानो राम-भरत का मिलन हो रहा हो। साथ में आए लोग गाँव के ही थे। सब सुधीर को पहचान गए थे। मोहन सिंह की चिट्ठी से पूरे इलाके को पता चल चुका था कि सुधीर जिन्दा है। सबके मन में आशा थी कि वह जेल से छूटकर एक बार गाँव जरूर आएगा। अपने बाबा को चिपककर रोता देख बच्ची भी रोने लगी। दोनों भाई अलग हुए, बच्ची को पुचकारा। गोद में लेकर चुप कराने लगे विनोद।

"प्रियंका, ये तुम्हारे बड़े दादाजी हैं।" घर में उत्सव का माहौल हो गया। दालान की चौकी का मोड़ा हुआ बिस्तर फैला दिया विनोद ने। गद्दा सीधा कर चादर हटा दी। दालान की आलमारी से धुली चादर निकाली, बिछाकर भाई को जबरन लेटने को मजबूर कर दिया और पैर दबाने लगा।

"ये क्या करते हो विनोद, मैं थका नहीं हूँ। छोड़ो मेरे पैर। तुम पता नहीं कहाँ से आए हो, न पानी पीया, न नाश्ता किया।" सुधीर उठकर बैठ गया। दो लोग जो बेंच पर बैठे थे वे भाव-विभोर थे। अन्दर से एक अधेड़ औरत ट्रे में चाय की प्यालियाँ लेकर आई। सबों को थमाया।

"भैया को यही चाय? भैया, आप चीनी तो लेते हैं न?"

"इस चाय में क्या खराबी है कि भैया नहीं पीएगा?" एक घूँट लेते हुए सुधीर ने कहा।

"चीनी के बारे में पूछकर देना था।" विनोद था।

"मुझे डायबिटीज नहीं है। हो भी नहीं सकती मेरे जैसे कटु व्यक्ति को।"

"हम लोग आपके दर्शन पाकर धन्य हुए भाई जी।" बेंच पर बैठे एक जन ने कहा। सुधीर को जान पड़ा जैसे युगों पार कर, पुनर्जन्म लेकर अपनी माटी पर आया है। शाम घिरने लगी। आजू-बाजू के बथान पर घूरे में आग लगा दी गई थी। हवा का रुख देख धुआँ तितर-बितर हो रहा था, जानी-पहचानी गन्ध से सराबोर हो रहा था सुधीर। यह यहाँ अपने घर तो आया है लेकिन अपने लिए नहीं। ऊपर के आदेश पर आया है। लोकतंत्र के घूरे में आग लग गई है उसे बुझाने आया है। जब-जब लोकतंत्र पर खतरा होगा तंत्र को लोक में जाना होगा। वही चला रहा तंत्र को। सत्ता पर काबिज लोगों को भ्रम रहता है कि वे ही नियन्ता हैं, ऐसा है नहीं। लोक जग जाएगा तब उसकी दहाड़ के शोर से सभी शार्दूल शेर बन हमला करेंगे। मताधिकार की हुंकार के तूफान में सत्ता तिनके की भाँति उड़ जाएगी। अलग-अलग दल के नेताओं को अन्दाजा हो गया है कि लोक में ही विकल्प है और कहीं नहीं।

दूसरे दिन से सुधीर ने अपना काम शुरू कर दिया। सबसे पहले गाँव के गण्यमान्य व्यक्तियों के साथ बैठक की। रघुनी यादव, गंगा चौपाल, शम्भू महतो और गोनू सदा सबके साथ बैठकी थी।

"भाई लोग, हम जयप्रकाश नारायण जी के आदेश पर आप लोगों की सहायता से असम्भव युद्ध जीतने आए हैं। खाना-पीना, प्रचार करना और गाँव-गाँव घूमना सब मिल-जुलकर करना पड़ेगा।" कहा सुधीर ने।

"हम लोग सब समझते हैं भाई जी।" गंगा चौपाल ने कहा।

"न गाड़ी है, न सवारी है, सत्ता में जो तीस साल से हैं, दान और अनुदान देने वाले भी हम लोगों के नहीं, उनके पास हैं। यह समझकर चलना पड़ेगा।"

"रावण रथी, विरथ रघुबीरा—फिर भी राम जीते। सतगुरु का कहना है जो सत पर रहेगा वही जीतेगा।" कहा रघुनी यादव ने।

"रघुनी चचा, कुछ साइकिल और साइकिल सवार का इन्तजाम किया जा सकता है?" शम्भू महतो ने पूछा।

"ई कौन कुमैटी बैठा है हमरे बिना?" अज्जू मियाँ थे गज्जू साहनी के साथ कन्धे पर टहुका, शहथ हाथ में।

"आइए-आइए अज्जू भाई।" सुधीर उठकर गले मिला अज्जू उर्फ अधहर से, गज्जू उर्फ गजाधर ने हाथ मिलाया। उन्हें बैठने को कहा।

"अरे मलहबा, दूर बैठ महकता है। और अज्जू मियाँ, तुम तो ओरे से बिगड़ गए हो।" रघुनी यादव नाक पर गमछा लगाते बोले।

"हम सब तुमसे हटले बैठते हैं रघुनी भाई, तुम फोकराइन महकते हो, यह लो इधर बैठो।" अलग लकड़ी की कुर्सी पर बैठते हुए बोले गज्जू साहनी। सब ठहाका लगा बैठे। माहौल हँसी-खुशी का हो गया। धीरे-धीरे सुधीर पूरे इलाके का दौरा करने लगे। मोहन सिंह ने बुलेट मुहैया कराई। पेट्रोल का खर्चा खुद उठाया।

कुछ गाँव सत्ता के साथ थे। एकाध दिन वहाँ जाकर इन्होंने नब्ज देख ली। पता चल गया कि ये लोग टस-से-मस न होंगे। बूथ कैप्चर तक करने को आमादा हैं। उन गाँवों के दलित भी मजबूर थे। कुछ लोग इस बात से दुखी थे कि यह क्षेत्र सुरक्षित क्यों हो गया। धीरे-धीरे चुनाव प्रचार तेज हो गया। बड़े नेता तथा स्वयं चुनाव लड़ने वाले अनेक दल के लोग प्रचार करने खुद आने लगे। सत्ताधारी दल के लोग जीप गाड़ियों में धूल उड़ाते आते, आश्वासन का पुलिंदा, कुछ ठोस सामग्री बाँटकर चले जाते। दो सौ साइकिलें, दस मोटरसाइकिलें, कुछ जीप तक घूमने के लिए कार्यकर्ताओं को दी गई थीं। यहाँ कुछ नहीं। प्रचारकर्ता अक्सर पैदल, नाव से या कभी-कभी साइकिल से जाते। खाना उसी टोले पर खाते। उलटे खर्चा-पानी के लिए गाँव वाले रुपए दे देते थे। कंडीडेट के साथ घूमते हुए कई बार विचित्र परिस्थिति में फँस जाते सुधीर। बारहों

वर्ण के गाँव में एक सज्जन ने पूछा था कैंडिडेट से, "आपका ननिहाल तो धरौरा है?"

"जी वहीं है।" कहा उन्होंने।

"हाँ-हाँ, बिलट डकैत के यहाँ न?"

"जी, पर इस तरह क्यों बोल रहे हैं?"

"डकैत को डकैत ही कहा जाता है।" उसने दबंगई से कहा।

"मुझे आपसे कोई बात नहीं करनी है।" कहकर वे चल पड़े।

पूछने वाले सज्जन तथा उनके साथी सभी भभाकर हँस पड़े। इधर बाकी लोग सकते में थे। सचमुच बिलट डकैत ही कहे जाते थे। परन्तु इस तरह रोककर एम.पी. के अभ्यर्थी से बात करेंगे लोग; यह अजीब लगने वाली बात तो थी। साथ चल रहे कार्यकर्तागण, गाँव के लोग सकते में आ गए। कहीं ये उखड़ न जाएँ, यदि गुस्सा हो गए तो वोट पर बुरा असर पड़ेगा। लेकिन ऐसा कुछ न हुआ। मैदान के बीच तख्त डालकर बनाए गए ऊँचे मंच पर चढ़कर जब बोलना शुरू किया तो सभा में जोश भर आया।

"मेरे प्यारे साथियो, हम इस क्षेत्र से थोड़ा हटकर भागलपुर के हैं। लेकिन हमारा यह ननिहर (ननिहाल) है, नाना-नानी का गाँव। अभी आपने सुना कि बिलट डकैत मेरे नाना थे। मैं उन्हीं का सबसे बड़ा नाती हूँ। आज मेरे नाना नहीं रहे। लेकिन मेरे शरीर में उनका खून दौड़ता है, इसी धूल-मिट्टी में पलकर मैं बढ़ा हूँ। आज अपने नाना के पुण्य-प्रताप के बल पर राजनीति में आया हूँ। अंग्रेजों ने कुछ सौ साल हमें लूटा-खसोटा हमें खोखला कर गया। आप सबको मालूम है कि गांधी जी के नेतृत्व में आन्दोलन किया गया था अहिंसा सत्य पर चलकर। दूसरी एक और धारा चल रही थी, क्रान्तिकारी धारा। वह हथियार से लड़ी जा रही थी। उसके लिए धन इकट्ठा किया जाता था। धन इकट्ठा करने के लिए

क्रान्तिकारी लोग डाका डालते थे। आप लोगों को काकोरी की डकैतियाँ याद होंगी। आप लोगों को वीर भगत सिंह के साथ फाँसी चढ़ जाने वाले वीर राजगुरु और सुखदेव की जरूर याद होगी। आप लोगों को जरूर अल्फ्रेड पार्क में शहीद हुए चन्द्रशेखर आजाद की याद होगी। उन सब पर डकैती का मुकदमा चला था। वे सब डकैत थे, मेरे भइया बिलट डकैत ऐसे ही क्रान्तिकारी लोगों के लिए धन इकट्ठा करने वाले डकैत थे। मैं एक क्रान्तिकारी डकैत का नाती कहलाकर फख्र महसूस कर रहा हूँ। आप सबसे वोट माँगने आया हूँ। उस समय अंग्रेजों का हर प्रकार से मनोबल तोड़ देने के लिए डकैती की जा रही थी। अभी की सरकार और सरकारी महकमे विकास को खा जाते हैं। कहीं कोई काम बिना पैसे के नहीं हो रहा है। इस भ्रष्टाचारी की सरकार को उखाड़ फेंकने के लिए आप सब मुझे वोट देकर विजयी बनाएँ। जय हिन्द! आप सब मेरे साथ कहें—

सम्पूर्ण क्रान्ति अब नारा है
भावी इतिहास हमारा है।"

पूरी भीड़ ने नारे को साथ-साथ दुहराया। भीड़ इसी अभ्यर्थी की तरफ हो गई। सुधीर ने विचारा यह लम्बी रेस का घोड़ा है, पक्का पॉलिटिशयन। कैसे पलट दिया बाजी को। इसने कैसा प्रभावशाली बना दिया अदना घरऊ डकैत को, बिलट डकैत जो बटमार था उसे चन्द्रशेखर आजाद के समकक्ष खड़ा कर दिया। क्षण भर के लिए उसके मन में वितृष्णा जगी; फिर ठंडी हो गई। उसे समझ में आ गया लफ्फाज ही राज करेगा इस दूसरी आजादी के बाद भी। कोई परिवर्तन नहीं होगा। जनतंत्र की यही नियति है। इन्हें भी मात्र कुर्सी चाहिए। यह अवसर है, प्राणपण से लगे हैं। जनता ऊब चुकी है पिछली सरकार से। जयप्रकाश जी भूदान के क्रम

में गाँव-गाँव घूमे थे। उनका स्नेहिल सौम्य स्वभाव नहीं भूले थे सीधे-सादे ग्रामीण, वे बीमार हैं। वे अकेले हैं, उनको नजरबन्द कर अधिक बीमार होने दिया गया, यह आक्रोश आम था। कई कारणों के एक साथ मिलने से जो माहौल बना उसने तीस साल से सत्ता पर काबिज सरकार की चूलें हिला दीं। जनता पार्टी की ऐतिहासिक जीत हुई। चारों तरफ जश्न का माहौल था।

चुनाव के बाद सुधीर गाँव में आराम करने लगे। बेहद थक गए थे। उन्होंने सुना कि जयप्रकाश जी बम्बई में इलाज करा रहे हैं। वहाँ से दिल्ली आएँगे। भारी बहुमत से जीतने वाली जनता पार्टी सरकार बनाएगी। जिन्हें बहुत अधिक सियासत में जाने की ललक होगी वही पटना या दिल्ली दौड़ेंगे। सियासत के निकट रहकर लाभ उठाने की लालसा वाले भी दौड़-भाग करेंगे। परन्तु इनमें से किसी भी तरह की ललक नहीं थी सुधीर के मन में। अभी वह कुछ नहीं सोच रहा। जे.पी. पर जरूर ध्यान केन्द्रित था। जनता पार्टी को राजमार्ग देने वाला इंजीनियर आज अशक्त और बीमार है। वह कई बार सोचता कि जनता पार्टी जे.पी. को प्रतिष्ठार्थ राष्ट्रपति का पद सौंपेगी?

सुधीर की बहनें और भान्जे-भान्जियाँ मिलने आईं। सबकी नजरों में सुधीर विशिष्ट थे, हीरो थे। इंजीनियर और टीचर भतीजे जब पैर दबाते, सेवा करते तब सुधीर भावुक हो उठते। एक दिन छोटी बहन उमा ने भाई के सिर में तेल लगाते-लगाते पूछा था—

"भाई, तुमने अपने जीवन को क्या बना लिया? ठाकुरगाँव वाली को क्यों जवाब दिया? वो रहती अभी तो...।"

"इधर आ बैठ।" बहन को हाथ पकड़कर सामने बैठाया।

"इतने दिनों बाद मैं लौटकर आया हूँ। लगभग दस साल तो हो गए। उससे पहले मैं जहाँ था कहीं भी गोली खाकर मर सकता था।

ठाकुरगाँव वाली को उसके घर के लोग बैठने देते? दूसरा घर कर ही देते। अब भी वह दूसरे घर में है। जरूरत क्या थी बैठाकर रखने की।"

"सो तो तुम ठीक कहते हो भाई, माय कुहुक-कुहुककर मर गई। हाँ, बाबू मरने के पहले सुन चुका था कि तुम जिन्दा हो और जे.पी. के आन्दोलन में जेल में हो। छूट जाओगे तब आओगे। वह तुम्हारी राह देखता चला गया।" उमा आँसू पोंछने लगी, सुधीर उसे भर आई आँखों से निहारता रहा। बहन इससे दो साल छोटी है, पिठिया पर माय जैसी दिखने लगी है। वैसी ही स्थिर, वैसी ही वत्सल।

"उमा, क्या अब भी तुम लोग सामा खेलने निकलती हो?"

"हाँ भैया, हम सामा खेलने यहाँ आते थे लेकिन दो साल से मेरी बेटी खेलने आ जाती है ससुराल से सो हम नहीं आ पाते हैं।"

"बेटी ससुराल से आती है? इतनी बड़ी है?"

"भैया, वह तो बहुत बड़ी है। बी.ए., बी.एड. पास है। खगड़िया के एक स्कूल में पढ़ाती है। मेहमान जी भी पढ़ाते हैं। उसकी बेटी और बेटे पटना में हॉस्टल में रहकर पढ़ते हैं। आन्दोलन जो तुम लोग का हुआ उसमें साल बर्बाद हो गया भैया। बड़ा हर्जा हुआ पढ़ाई का। जे.पी. का यह काम अच्छा नहीं हुआ।"

"क्या? कौन काम अच्छा नहीं हुआ? भ्रष्ट व्यवस्था के खिलाफ आन्दोलन नहीं करना चाहिए था? क्या बोलती है।"

"ओह सो ठीक किया, लेकिन स्कूल-कॉलेज का बच्चा लोग को आन्दोलन में लेकर पढ़ाई हर्जा कराकर अच्छा नहीं किया।"

"उमा, ये आन्दोलन ही छात्र आन्दोलन है।"

बहुत देर तक भाई-बहनों में कहा-कही होती रही। उमा अडिग रही कि स्कूल-कॉलेज का हर्जा कर अच्छी परम्परा की शुरुआत नहीं की गई। घर के काफी लोग इन लोगों के बहस को चुपचाप

सुनते रहे, भाग न लिया पर मन-ही-मन किसी के तर्क के साथ जरूर हो जाते।

सुधीर और उमा के बीच की यह बहस समाज में चलती रही। गाँव में कोशी पीड़ित जनता जो खेती-किसानी पर निर्भर है उसने एक-एक दिन गिनती की। यदि अपने बच्चों-बच्चियों को कष्ट से पढ़ाते हैं तो वह जल्दी नौकरी-चाकरी करने के योग्य हो जाए न कि साल बरबाद हो। कई लोगों ने बैल बेचकर बेटे को पढ़ाया, खेत गिरवी रखकर पढ़ाया उनकी आशाओं पर सचमुच तुषारापात हो गया। शान्ति से सोचने पर समझ में आ रहा था सुधीर को कि कॉलेज का सत्र बढ़ जाना, छात्रों को राजनीति का चस्का लग जाना अच्छे भविष्य का द्योतक नहीं है। उत्तेजित और शरारती तत्त्वों को स्वयं जे.पी. ने, जब वे बीच में थे तब रोक लिया था, आगे कौन रोकेगा? सविनय अवज्ञा कौन करेगा? इन्हें तो तोड़-फोड़ में ग्लैमर नजर आता है। आगे बसें नहीं जलेंगी, दुकानों और विद्यालयों के शीशे नहीं तोड़े जाएँगे यह कौन बता सकता है? शोचनीय विषय तो है ही।

जैसे-तैसे सरकार बन गई थी। जे.पी. पटना लौट आए थे। उनके कमरे में डायलिसिस मशीन लग गई थी। यहीं वह सारी व्यवस्था हो गई थी। सुधीर ने अपने छोटे भाई विनोद से कहा, "मैं पटना जाना चाहता हूँ जे.पी.से मिलने।"

"मैं भी चलूँ आपके साथ भाई? मैं भी लोकनायक से मिलना चाहता हूँ। आपके साथ रहूँगा तब देख भी पाऊँगा।"

"चलो, साथ चलते हैं।" सुधीर ने कहा।

"जे.पी. के लिए कुछ बनाकर ले चलें भैया?"

"वे तो पथ्य खाते हैं, परन्तु हमने बहुत मुफ्त खाया है उनके आश्रम में सो आश्रम के लिए जो ले चलना चाहो ले लो।" सुधीर की इस बात

पर प्रसन्न होकर विनोद ने एक बोरी चावल और एक बोरी चूड़ा तैयार कर ले लिया। बिलकुल ताजा।

सुबह-सुबह स्टीमर से उतरे दोनों भाई। गंगा की उच्छल लहरें देख विनोद हजारी का मन मचल उठा।

"भैया, हम तो पहले गंगा स्नान करेंगे तब चलेंगे।" कहा उसने।

दोनों भाइयों ने सामान एक दुकान में रख स्नान किया, दातौन अपने साथ लेकर चले थे। जिस दुकान में सामान रखा था वहीं बैठकर जलेबी और पूरी का नाश्ता किया। रिक्शे पर सामान लाद वे कदमकुआँ आए जे.पी. आवास पर। जे.पी. बरामदे में घिरे बैठे थे। सुधीर को देख बहुत खुश हुए। विनोद उन्हें देखकर अभिभूत था। धीरे-धीरे लोग छँट गए।

"अभी यहाँ रहोगे सुधीर? तुमने बड़ा काम किया है, कुछ आगे के लिए सोचा है?" उन्होंने पूछा।

"आपकी सेना हैं हम, आप जो कहेंगे हम वह सब करेंगे।"

"तुम्हारी इच्छा क्या है? विधान सभा का चुनाव भी होने वाला है, तुम क्या अपनी किसी पसन्दीदा जगह से खड़े होना चाहते हो?" जे.पी. के इस प्रश्न से सुधीर अन्दर तक भीग गया। इस प्रकार के गैर-जिम्मेदार इनसान पर जे.पी. को भरोसा है यह सोचता रहा सुधीर। इन्हीं के चरणों पर हथियार समर्पित किया था उसने, मुकदमे खत्म करवाए थे। इन्होंने उसे सहज सामाजिक जीवन की ओर लौटाया है और अब राजनीति की ओर उन्मुख कर रहे हैं। बड़े गौर से उसके चेहरे के बदलते भाव को देख रहे थे। सुधीर सुस्थिर हो गया। उसने हाथ जोड़कर कहा—

"मैं किसी प्रकार की राजनीति नहीं कर सकता। वह मेरे वश का नहीं है। आगे आप जो आदेश देंगे।"

"अपने आपको ढूँढ़ो, अभी समय है।" उन्होंने समझाया। बाहर ढेरों संगी-साथी थे। सबसे बातें-मुलाकातें हुईं। अपरिमित उत्साह था चारों

ओर। होना भी चाहिए था क्योंकि लम्बे संघर्ष के बाद की अप्रत्याशित जीत ने सबको नई आशा से भर दिया। एक बात गौर करने लायक लगी कि सम्भावित नेताओं के साथ जत्थे थे। उनके मन में लालसा थी। कुछ लोग सुधीर की तरह अलग मनःस्थिति में थे। जिन-जिन इलाकों में चुनाव कार्य में लगे थे उनकी दुरवस्था से द्रवित होकर वहाँ सामाजिक कार्य करने का मन बना रहे थे। उनकी प्रारम्भिक योजना शैक्षणिक थी। सुधीर ने भी विचारा कि सबसे बड़ी समस्या अनपढ़, अज्ञान होना ही है। साक्षर होना नागरिक का जन्मसिद्ध अधिकार है, उससे सब वंचित है अब तक। सुधीर ने मन-ही-मन निश्चय कर लिया कि वह लौट जाएगा अपने गाँव, अपने कार्य वहीं से शुरू करेगा।

दोनों भाई लौट आए गाँव। वातावरण बदला हुआ, उत्साह बढ़ा हुआ था। विनोद को यह तो पता चल ही गया था कि भैया किसी राजनीति में नहीं पड़ना चाहता था, यह भी पता चल गया था कि स्कूल खोलना चाहता था पर कैसे, यह नहीं जानता था। इसके गाँव में मिडल और हाईस्कूल तो हैं पर छात्र सुदूर अगड़ी जाति के घरों के निन्यानवे प्रतिशत हैं। एक नया स्कूल खोलकर ये क्या कर लेंगे? लेकिन साथ ही विनोद को अपने भाई पर भरोसा है। भाई का मन भी तो लगा रहेगा परिवार में। गाँव के बच्चों के बीच भी मन लगेगा। कैसा तो जीवन कर लिया है अपना। गाँव आकर अपने लोगों की बैठक की और प्रस्ताव रखा कि किसी ऊँची जगह पर एक चार छप्पर वाला कमरा बना लें टाट-बाँस का ही और खाली समय में बाल-बुतरू को बुलाकर गपशप करें।

"एकरा से का होइहै?" अज्जू मियाँ ने पूछा।

"अज्जू भाई, किसी बच्चे को स्लेट-पेंसिल खरीदकर पढ़ने भेजोगे तो वह तोड़कर चौखटा अपनी गरदन में हँसुली की तरह पहनकर घूमेगा, बैठेगा नहीं। क्योंकि पढ़ने-लिखने का कुछ भी नहीं है किसी के घर।"

"बात तो ठीक कहते हैं।" जग्गू साहनी ने कहा।

"तुम्हारे घर में ऊखल-मूसल, जाँता के अलावा क्या है गजाधर?" सुधीर था।

"खुरपी, हँसिया, खंती, कुदाल और जाल। यही तो है।"

"तुम्हारे यहाँ अज्जू भाई?"

"हर-हरकठ, पैना, लाठी, फाजुल है। बकिए यही सब है। हाँ, जाल टहुका नहीं है।"

"नथुनी कुम्हार भाई, तुम पंडित कहलाते हो, तुम्हारे यहाँ क्या सब है?"

"बाबू, वही सब है जो उन लोगों के घर है, उसके अलावा बस चाक फाजुल हैं।"

"किसी के घर कागज-कलम-किताब है?"

"तुम्हारे घर और कुछ रघुनी यादव के घर छोड़कर किसी के घर कहीं नहीं है।" एक जन ने कहा।

"तब आप अपने बच्चों को नया सिलेट, कॉपी, पेंसिल थमा दोगे तो उनको अजूबा तो लगेगा न!" सुधीर ने कहा।

"सो सब समझे, हम लोग मूरुखे रह गए। तुम दोनों भाई और रघुनी भाई का परिवार स्कूल-कॉलेज का मुँह देख लिया। लेकिन किस्सा- कहानी सुनाकर क्या करोगे? उससे पढ़ लेगा सब?" गंगा चौपाल था।

"मुझ पर भरोसा है न?" सुधीर ने कहा।

"बिलकुल है, चलो काम शुरू।"

"भैया, पहले जो भिट्ठा था, उस पर कोसी महारानी पूरा बालू उड़ेल दी हैं। वहीं जो खरहोर बना है, कासवन।" विनोद ने कहा कि उसी पर वह चार छप्पर का घर बना देगा।

"चार छप्पर कर हे भैया? अच्छा से पाया दे देंगे। तीन तरफ ईंट की दीवार, सामने से खुला।"

"ईंटों की कोई कमी नहीं है। मेरा भट्ठा जो लगा था, पानी में डूब गया था सो अब निकल आया है। वह लग जाएगा।" शम्भू महतो ने कहा।

"आधा भट्ठा बालू से तोपा है, कौन खोदकर निकालेगा?" गोनू सदा बोला।

"सो तो भाई तुम ही इन्तिजाम करोगे।" गंगा चौपाल ने कहा।

"बहुत कठिन है।" गोनू सदा था।

"कठिन है, असम्भव तो नहीं गोनू भाई।" विनोद ने कहा।

"सो तो है।" उत्तर दिया गोनू सदा ने।

"पानी खाया हुआ ईंटा है, दाम कम लगाना महतो।" विनोद था।

"क्या बात करते हो विनोद, हम बेच नहीं रहे हैं, दे रहे हैं; बूड़ा भट्ठा का क्या दाम लेंगे? सवाब का काम है।" शम्भु महतो ने कहा। सभी साधु-साधु कह उठे।

"खपड़ा हम दें देंगे।" नथुनी पंडित ने कहा। सब खुश थे।

"मगर मुसहर लोग सरमदान नहीं करेगा भैया, उहुँक।" गोनू सदा बोला।

"नहीं गोनू भाई, तुम लोग क्यों मुफ्त में खटोगे? सबको उचित मजूरी मिलेगी।" विनोद ने तुरन्त कहा।

इस प्रकार कास का जंगल काटा गया। बालू के ढूह बने खेत को बराबर किया गया। वह स्थान लगभग एक बीघा का था जो इन दोनों भाइयों के अलावा इनकी ही रामरती चाची के हिस्से में पड़ता था। चाची की सिर्फ दो बेटियाँ थीं। यह जमीन उन्हीं लोगों की होने वाली थी। विनोद ने चाची से कहा कि इनकी दूसरी जमीन से अपनी पाँच कट्ठा जमीन कागज पर बदलैन कर लें।

"ना रे बाबू, हम बदलैन नहीं लेंगे। जमीन का इस्तेमाल करो तुम लोग, इतना बढ़िया काम करना चाहते हो। तुम ही लोग तो बेटा हो। हारी-बीमारी में कौन देखने आता है? कागज पर लिख दूँगी।" रामरती काकी

की बातों से दिल भर आया। दो-तीन महीने लगे। जमीन समतल कर घर बनाने का काम शुरू हो गया। बालू की ढूह के कारण सीधे पजेवा की नींव न दी गई। सरिया लाकर दीवार देना शुरू किया। तभी विधान सभा चुनाव का बिगुल बज गया। विनोद ने थोड़ा-बहुत समय चुनाव में दिया। इस बार क्षेत्र मुट्ठी में था। चुनाव आसानी से जीत गए नेताजी। नेताजी नए नहीं थे। वे पहले से चुनावी राजनीति के अखाड़ेबाज थे। हवा का रुख देखकर जे.पी. के उस महायज्ञ में भागीदारी दे अपनी सीट सुरक्षित कर चुके थे। यह कारण भी था कि सुधीर हजारी अलग-थलग थे। गर्मी, बरसात पार कर, रोपनी छोलनी करते हुए, चुनाव यज्ञ से जूझते हुए एक बड़ा सा घर तैयार हो गया। पूरा खुला दालान-सा हॉल। किनारे में एक कोठली जिसमें दो चौकी लग सके। अहाते को टाट से घेर दिया गया। एक कोने में टट्टी बना दी गई। टाट के किनारे फूल-पत्ती के पौधे लगा दिए गए। कुछ मौसमी, कुछ स्थायी पौधे जो पेड़ बनने का माद्दा रखते। चाँपाकल और चबूतरा तैयार हो गया था। विजया दशमी के दिन उद्घाटन का विचार था। रंग-रोगन होकर यह नायाब भवन शान से खड़ा था। पूरे गाँव और आसपास के गण्यमान्य लोग उद्घाटन के समय उपस्थित थे। विनोद के सभी पुत्र-पुत्रियाँ तथा बहनें-भान्जियाँ इस अवसर पर उपस्थित हुए। गाँव में एक अलग तरह का उत्सवी माहौल था। इस बार लोग दशहरे मेले में न जमालपुर गए, न कुशेश्वर, अबकी मेला यहीं लगा था।

लीला ने सरकंडे की कलम स्याही में डुबोकर बड़े-बड़े अक्षरों में लिख दिया, लड़कियाँ ही आएँ मात्र।

कई लोग जिनके बेटे पढ़ने वाले थे, परीक्षा देने वाले थे वे दौड़े आए। लीला ने कहा, "मैं अधिक लड़कियों को पढ़ाना चाहती हूँ।"

"आपके भरोसे थे लीला दीदी, परीक्षा है।" एक जन गिड़गिड़ाने लगा तो इन्होंने समय बता दिया। उसे आँगन में ही अकेले गणित पढ़ा दिया करेंगी। पुनकला ने भी सहमति दे दी थी।

आपातकाल के बाद जो आम चुनाव था उस समय एक दिन बाजार से आकर छीतन महतो ने पुनकला को पास बुलाया।

"ठाकुरगाँव वाली, उस पार के एम.पी. कंडीडेट अपनी बिरादरी के ही हैं। हम गए थे उनको देखने। बहुत बिरादरीवाला लोग था।"

"ओ, अच्छा!" पुनकला ने बिना कुछ समझे कहा।

"उससे भी बड़की बात यह है कि उसका चुनाव का सारा इन्तजाम देख रहा सुधीर हजारी। ऐसे मुँह बा के क्या देख रही है? वही सुधीर जो बरदीपुर का था। तुम्हारा...।"

"वो कहाँ से आएगा, उसका भूत होगा।" पुनकला को कभी-कभी छीतन हजारी का ब्यौहार समझ नहीं आता। वह उठने लगी। छीतन ने उसका हाथ पकड़कर बैठा दिया।

"अरे, बिदकती काहे है? वह कोई भूत-वूत नहीं है। सद्यः सुधीर हजारी है। उसके मारे जाने की खबर झूठ थी।"

"ओह, तो ठीक है न! हमको जाने दीजिए, बहुत काम पड़ा है।"

"सुनेगी नहीं कि कैसे बचा हुआ है? अरे, लोकनायक के सामने सब नक्सल लोग सरेंडर किए थे तो यह मरदे भी किया था। फिर जे.पी. के आन्दोलन में इमरजेंसी में जेल में था। अब छूटा है।"

"ओह!" पुनकला क्या कहती।

"जे.पी. आन्दोलन का सब कुकुर-बिलाई नेता हो गया है और यह तो अपनी जात का खूबे पढ़ा-लिखा आदमी है। देखा उसको,

बहुते झटका हुआ लग रहा था। सूखा टटाया हुआ, खिचड़ी बाल, खिचड़ी दाढ़ी।"

"आपको क्या लेना-देना है उससे? उस पार के आदमी से?"

"बिरादरी है। बहुत गाँव टोला उधर भी है मेरे माइंजनी का।"

"ऊँह, नेतागिरी में बड़ा मन लगता है आपका। करिए, हमारा बहुत सा काम पड़ा है।" वह उठकर चली गई। छीतन आनन्दित होता रहा। वह अकारण अपने को विजयी समझता। किसकी, कैसी और किस पर विजय हुई है? सुधीर ने स्वेच्छा से पुनकला को छोड़ दिया, पुनकला खूँटे में बँधी बकरी की तरह एक खेत से निकालकर दूसरे खेत में ठोंक दी गई। छीतन को शादी करनी थी सो किया, कोई जंग जीतकर किसी राजकुमारी को दैत्य के पंजे से छुड़ाकर नहीं लाया। सो यह न तो अपनी हार मानती है, न सुधीर की हार, तब छीतन की जीत कैसे हुई? खुद बकने से कुछ नहीं होने जाने का।

गोयठा सुखाती पुनकला का मन शिव का नचारी गाने का कर रहा था। भीतर से उदासी दूर हो गई थी। घर का सारा काम वह बहुत मनोयोग से करती रही। आज तक बच्चों पर ध्यान देती रही उचित से ज्यादा। लेकिन आज जैसा हल्कापन कभी नहीं आया। क्या सुधीर ने शादी की होगी? खाते-पीते घर का लड़का, पढ़ा-लिखा, किसी-न-किसी ने जरूर लड़की दी होगी। उसका घर बस गया होगा। यह सोचकर आँखें भर आतीं। क्यों गौना कराया, क्यों नाग-नागिन की तरह जोड़ा लगता रहा, क्यों प्यार-प्रेम का बिखा रोपा? एक दूसरे प्राणी की जिन्दगी अजाब में डाली। सुधीर का सब कुछ छोड़कर जाना बेमतलब रहा उसके लिए पर विपता पड़ी पुनकला पर। औरत को ये मरद लोग समझते क्या हैं? पहले तो बाप-चाचा इस खूँटा से खोल उस खूँटा में बाँध देते हैं फिर मरद खूँटा ही उखाड़कर आजाद छोड़ देता है। औरत को जीना भी नहीं आता बिना रस्सी और खूँटे के। पुनकला विकल होकर सोचती है।

"पुनकला, तुम्हारा पहला मरद सचमुच नामर्द है। बड़ी-बड़ी सभा इकट्ठा करता है, भाषण देता है, जे.पी. जैसा देवता के साथ रह चुका है। उनका राजदुलारा कहा जाता है पर गिरस्ती नहीं बसा सका। एक औरत नहीं जुटा सका। अब तो जंगल में नहीं, घर में है तब भी शादी-ब्याह नहीं किया।" छीतन ने कहा।

"आपको उसकी चर्चा किए बिना अन्न नहीं पचता?" पुनकला ने कहा। उसने बुरा माना। छीतन हँस पड़ा।

"अरी बौरही, वह हमारे लिए तो देवदूत है। तुमको छोड़ा तब न हमें मिलीं। हीरा कचरे में फेंक देता है कोई और कोई सँजो लेता है। मैं नसीब वाला हूँ। हीरे की कदर जानता हूँ।"

ऐसे समय पुनकला का दिल चीत्कार उठता है और यह सोचने का पर्याप्त कारण देता है कि वह पुनकला को एकबरना प्रेम करता है। जिस दिन इसके दालान पर ठहरा था उस दिन जाते-जाते कहा था कि वह उसे छोड़ किसी स्त्री को अपना बना नहीं सकता। उसके जीवन में, हृदय में कोई नहीं बसेगी। अपने किए पर पछताता तो होगा।

बिरादरी के वोट को अनुकूल करने के लिए छीतन उस इलाके में कई बार गया। सुना कि सुबोध हजारी बहुत नाराज हुआ। उसका कहना था कि लोकतंत्र है, सिर्फ जातीय एकीकरण करके हम इसे कमजोर करते हैं। अक्सर सुधीर बाबू साहेब, पंडित और यादवों के गाँव में देखा जाता। जबकि बड़ा वर्ग चिढ़ता। इसकी कोई परवाह सुधीर को नहीं थी। भरना पर के अन्य सभी छोटी-छोटी जाति-जमात जिन्हें पचपनिया कहते, उनके बीच भी अलख जगाने पहुँचता। हजारी पासवान के एक दबंग गाँव में छीतन से टकराव भी हो गया। छीतन बार-बार अपनी जाति का कैंडिडेट, अपनी जाति का वोट की चर्चा करते रहे।

सुधीर ने बरजा, "यह कहकर आप लोकतंत्र के महान उद्‌देश्य पर कालिख पोत रहे हैं माइंजन। ऐसे न सोचिए। सब बराबर हैं।"

"बराबर कैसे हैं? वे अगड़ा, हम पिछड़ा हैं।"

"ये व्यवस्था जो है आरक्षण की वह इसीलिए न कि पढ़-लिखकर उनके समकक्ष हो जाएँ ताकि समझदारी बढ़े। लेकिन जड़ से ही हम उसी पर आधारित राजनीति करें यह लोकतंत्र के लिए विकराल समस्या पैदा करेगी।"

"आपकी बड़ी-बड़ी बात किसकी समझ में आती है नेताजी?"

"अव्वल तो मुझे नेताजी न कहें, मैं कार्यकर्ता हूँ। दूसरे आप समझकर न समझने का स्वाँग कर रहे हैं।"

बात बढ़ती इससे पहले लोगों ने बीच-बचाव किया। सुधीर ने अपने स्वभाव के अनुरूप माफी माँग ली थी और आगे बढ़ गया था। वह यही समझता था कि माफी माँगने से कोई छोटा नहीं हो जाता। छीतन न माफी माँगने वाला व्यक्ति था, न माफ कर देने वाला। वह माइंजन के अहंकार में था। उसका मन किया कि इसे जातीय पंचायत से निकाल दिया जाए फिर याद आया कि यह इसके क्षेत्र का है ही नहीं।

ऐसा हो ही नहीं सकता कि बाहर से आकर छीतन पुनकला को सारी घटना का विवरण न दे। यह विवरण देना अधिक जरूरी था क्योंकि इसका खलपात्र सुधीर था। छीतन ने पूरी घटना अपनी नजर से सुना डाली। यह भी कहा कि उस कूढ़मगज को अक्ल आई तो गिड़गिड़ाकर माफी माँगने लगा। पुनकला बिना प्रतिकार के सब कुछ सुनकर काम में लग गई। उसकी बातें उसे पहले तो समझ में नहीं आईं फिर फालतू बकवास भी लगी। लेकिन छीतन ने इसे सुना अपना सीना चौड़ा कर लिया कि उस अकड़ू, पढ़े-लिखे आदमी से माफी तक मँगवा ली। अब पुनकला को जान पड़ता था कि इसके आँगन में छीतन और सुधीर का छायायुद्ध

चल रहा है। छीतन ने एक छाया देखी और उस पर पटापट लाठी बरसा रहा है। पता नहीं क्यों पुनकला को हँसी आती कि छीतन सरदार को सुधीर और पुनकला का आन्तरिक सम्बन्ध मालूम ही नहीं, मालूम होने की न औकात है, न गुंजाइश तब यह उसकी छाया से छुटकारा नहीं पा रहा है, अगर इसे पता चलेगा कि वह न सिर्फ इसकी कच्ची देह का प्रथम राग है बल्कि अटूट प्यार का पात्र भी है तब क्या करेगा? शायद इसी को कहते हैं आभास! उसे आभास होता है प्यार का।

चुनाव का परिणाम कैंडिडेट के पक्ष-विपक्ष में हुआ करता है पर देखा यह गया है कि वह पूरे क्षेत्र-परिक्षेत्र में जहर बो देता है। क्षेत्र को जातीय खाँचों में बाँटने की साजिश परवान चढ़ने लगती है और गाँवों, टोलों-मुहल्लों का जातीय आधार पर बँटवारा होने लगता है। कोसी का यह क्षेत्र अधिक ग्रसित न था उन दिनों लेकिन दक्षिण या यूँ कहें मध्य बिहार सुलग उठा था। जातीय घृणा ने हत्या की राजनीति शुरू कर दी।

गौर से देखा जाए तो कुछ भी खत्म नहीं हो सका। जे.पी. अन्तिम साँसें गिन रहे थे। उनके द्वारा लिये गए सारे सुधार कार्य धराशायी हो गए थे। उन्होंने कभी कोई पद न लेकर सदा देश की नीति का समर्थन किया। पूर्वी पाकिस्तान से बांग्लादेश बनने के बीच विश्व भर में जनमत बनाने निकले थे। छात्रों के आन्दोलन का अहेतुक नेतृत्व किया। अकारण नजरबन्द रहे, फलस्वरूप बीमार रहे। अब जब सभी दलों का एका कर एक जनता पार्टी बनाई, सरकार को चुनौती दी, सरकार पलट गई। लेकिन इन्हें शरशय्या ही अभीष्ट थी। कुछ नहीं होता आदर्शों से। आदर्श पालन करने वाले चन्द लोग होते हैं जो अप्रासंगिक हो जाते हैं। भीड़तंत्र हावी हो जाता है। समाज में तीन प्रकार की प्रवृत्तियाँ देखने को मिलती हैं। एक वह जो आदर्शों का पालन करने वाले होते हैं, दूसरे अवसर की तलाश में रहते हैं कि कब कहाँ अराजक हो जाए, तीसरे तटस्थ हो जाते हैं।

इस बदले हुए समय में जातीय झगड़े उफान पर थे। नक्सलवाद मिटा नहीं था, रूप बदलकर आतंक पैदा कर रहा था। समाज कई खाँचों में बँटने की प्रक्रिया में था। शान्तिदूत बने जयप्रकाश के सामने ही जातीय दंगे शुरू हो गए।

विधान सभा के चुनाव में छीतन हजारी मनोयोग से प्रचार में लग गया था। उसे अपनी स्थिति का नया कोण पता चल गया। उसे पता चल गया था कि जातीय पंचायत में इसकी पूछ है। मन फूला-फूला रहता, दिन भर गाँव-घर की पड़ताल करता काफी कुछ जान गया था। उसने पुनकला को बताया कि सुधीर हजारी अपने ही गाँव में स्कूल खोल रहा है। वह हँसा भी कि उस गाँव में पहले से ही स्कूल तो है ही पर बैठे से बेगार भली। वही कर रहा है, इस बार चुनाव में भी दौड़-भाग कम कर रहा है। पुनकला चुपचाप सुनती रही। वह मन-ही-मन खुश हो रही थी कि सुधीर अपने गाँव रहे ठीक से खाए-पीए, आराम करे। अपने भाई के परिवार की सेवा ले। भाई विनोद बहुत भला है। उनका घर पढ़ा-लिखा है, सो समझदारी है। सबसे बड़ी बात है कि सुधीर का हिस्सा उन्हीं का तो होगा।

"आप लोग बच्चों के साथ आकर बैठिए। लड़का-लड़की सब, वहाँ जहाँ दरी बिछी है।" सुधीर हजारी ने अपने गाँव के बुजुर्गों से कहा। एक दरी बिछी थी, पास में एक मोढ़ा रखा था। सब एक-दूसरे का मुँह देखने लगे। लेकिन अपने यहाँ कुछ युवकों को भेजकर बच्चे-बच्चियों को बुलवा लिया। बच्चे एक तरफ बैठ गए। सुधीर बच्चों से मुखातिब थे।

"आप लोगों को यह घर कैसा लगा? बताइए।" सारे बच्चे एक-दूसरे को देख हँसने लगे।

"बताइए बताइए!" सुधीर ने हँसकर पूछा।

"बड़का दालान जैसा।" एक लड़के ने कहा।

"देवी स्थान वाला दालान।" दूसरा था।

"गहवर जैसा, गोरिया माई का गहवर।" तीसरा था।

"नहीं, गवहर तो सुरंगपताली है।" लड़कियाँ हँसने लगीं।

"यह किस्सा सुनने वाला जनक ठाकुर बाबा के दालान जैसा लगता है।" एक लड़की ने उठकर कहा। सारे बच्चे हाँ में हाँ मिलाने लगे। सुधीर सहित गाँव के बुजुर्ग हँसने लगे।

"किस्सा सुनना आपको अच्छा लगता है? सब बोलिए।" सुधीर थे। सबने हाथ उठाया।

"और नाटक करना?"

"हम लोग तो नाटक नहीं करते।" एक लड़की ने कहा।

"दुर्गावाड़ी में एक बार जमालपुर में देखे थे। राणा प्रताप।" एक लड़का बोला। बहुत से लड़कों ने हाँ में हाँ मिलाई।

"आप सब लोग नाटक कर सकते हैं। अपने गाँव में हर साल देखते हैं। याद दिलाऊँ?" सुधीर की बातों पर बूढ़े-जवान-बच्चे सभी अचम्भित थे।

"जी काका जी, याद दिलाइए। हम कभी नहीं देखे।" एक लड़की ने कहा।

"जेठ महीने में रात में तुम्हारी माई-काकी-फुआ लोग रात में जट्टा-जट्टिन नहीं गातीं और नाटक करती हैं? सब पगड़ी बाँध, मूँछ लगा डायलॉग बोलती हैं न?" सारे लोग ठहाका मारकर हँसने लगे। ऐसा तो होता ही है, वही नाटक है क्या?

"देखो, स्कूल से लौटना, घास काटकर रख देना। जब जिसको सुविधा हो तब आना मेरे पास। कम-से-कम दस लोग रहोगे तब हम तुम लोगों को कहानी सुनाएँगे। वरना गपशप करेंगे।"

"जी काकाजी।" सारे बच्चे-बच्चियाँ एक सुर में बोल उठे।

"आज पहला दिन है, विजयादशमी है, सो सब कुछ परसादी लेते जाओ।" शम्भु महतो ने बच्चों को रोका। कागज के ठोंगे में सबों को सेव और बुनिया बाँटा गया। बच्चे खुश होकर खाने और अहाते में घूमने लगे।

"हम लोग कुछ समझ नहीं पा रहे हैं सुधीर, लेकिन तुम पर पूरा भरोसा है कि हमें निराश नहीं करोगे।" रघुनी यादव ने कहा।

"भैया, आप लोगों ने मुझ पर विश्वास प्रकट किया, आज सबने मिलकर यह स्थल मुझे उपहार में दिया, इसका ऋण मैं कभी चुका ही नहीं सकूँगा।"

"ठीक कहते हो, यह स्थल ही है, पबित्तर लगता है।" गंगा चौपाल ने कहा।

"न कोई इबादतगाह है यहाँ, न स्थल, न कबिराहा साधु का, फिर भी एक गमक है सुधीर भाई।" अज्जू मियाँ ने कहा।

"सद्भावना केन्द्र है।" सहसा विनोद के मुँह से यह निकला।"

"वाह! यही नाम रहेगा, सद्भावना केन्द्र।" सुधीर ने कहा। सबों ने साधु-साधु कहकर समर्थन दिया। गाँव में गिनती के पढ़े-लिखे लोग थे। साक्षर काफी थे क्योंकि इस गाँव में स्कूल बहुत दिनों से था।

दूसरे दिन से बच्चे आने लगे। कुछ बुजुर्ग लोग भी दोपहर बाद खेत में लौट कलेवा कर आ जाते। शुरू-शुरू में सुधीर ने बच्चों से कहानियाँ सुनीं। उन्हें कुछ गीत सिखाए। छोटे-छोटे नाटक करवाए। नाटक करने में, गीत गाने में इनका बड़ा मन लगने लगा। लड़के और लड़कियाँ बढ़-चढ़कर भाग लेने लगे। तब एक समस्या सामने आई। वह थी संवाद रटने की। अपढ़ बच्चों को पढ़ा-लिखा बच्चा रटवाता। पढ़े-लिखे बच्चों ने तंज कसना शुरू कर दिया।

"तुझे अगर बकरी या भैंस ही चरानी है तो चरा, क्यों नाटक करने के लिए जान जाती है? मैं अपना काम करूँ कि तुम्हारा?" एक बार एक किशोर ने दूसरे से कहा। ऐसे बच्चों ने सुधीर के पास शिकायत लगाई।

"काकाजी, वो हमें डायलॉग याद नहीं करवा रहा है।"

"क्यों नहीं करवा रहा है?" सुधीर ने पूछा।

"कहता है कि हम अपना काम करेंगे कि तुम्हारा?"

"हम कैसे याद करें? पढ़ ही नहीं सकते।" दूसरा लड़का बोला था।

"क्यों, तुम खुद याद कर लो।"

"काका, पढ़ना नहीं आता।" सिर झुकाकर किशोर बोला।

"स्कूल नहीं गए कभी?"

"गए तो थे, मन नहीं लगा।"

"नाटक करने में मन लगता है?"

"जी।"

"अभी भी स्कूल जा सकते हो। पढ़ना सीख सकते हो।"

उसके साथी जो स्कूल जाते थे ताली पीटकर हँस पड़े।

"हँस क्यों रहे हो?" पूछा सुधीर ने।

"हम लोग आठवीं क्लास में हैं, यह वहाँ तो बैठ नहीं सकता। और बाल वर्ग में कैसा लगेगा?"

"क्या सचमुच तुमको नाटक करना है? संवाद याद करना है?"

"जी काका!" दो-तीन लड़कों ने सिर झुकाकर कहा।

"तो तुम मेरे पास दोपहर में आकर बैठो। खेत जाते हो?"

"हाँ, पर अपने ही खेत में हल चलाने, अगोरने जाते हैं।" एक ने कहा।

"हम भी अपनी गाय चराते हैं, घास काटते हैं।" दूसरे ने कहा।

"कब आ सकते हो?" सुधीर ने पूछा।

"कलऊ के बाद काका।"

"ठीक है, कल से आओ। पुरानी किताब हो तो ले आना।" सुधीर ने कहा। यही तो चाहता था सुधीर कि बच्चे अपनी इच्छा से पढ़ना शुरू करें। धीरे-धीरे पढ़ने वाले बच्चे जुटने लगे। अखबार और पत्रिकाएँ मँगाने लगा सुधीर। बाल पत्रिकाओं की चमक-दमक देख बच्चों की आँखें फैल जातीं।

"देखो, बच्चों की कलम से लिखी गई है यह कविता, कहानी। क्या तुम भी लिखोगे?" सुधीर पूछते। धीरे-धीरे कक्षाएँ लगने लगीं, स्टेज सजने लगे। ढलती साँझ में लालटेन जलने के पहले बच्चे चले जाते, बुजुर्ग और काम करने वाले लोग आ पहुँचते। रेडियो तथा अखबारों के समाचार आदान-प्रदान होते। कुछ राजनीति और कुछ अफसरी धाँधली, कुछ दलालों की चर्चा और कुछ अपना अज्ञान पर गम्भीर विचार-विमर्श होता। कोसी की बाढ़ और बालू-जंगल सब मिलकर लोगों को विस्थापित कर रहा था। सरकारें संज्ञान नहीं ले रही थीं। दूसरी आजादी के नाम से विख्यात आन्दोलन के फलस्वरूप आई सरकारें टिकी नहीं, न जनता पार्टी टिकी। जयप्रकाश जी के नेतृत्व वाला यह आन्दोलन उनके जाते ही रिवर्स गियर में चला गया। जिस भ्रष्टाचार के विरुद्ध क्रान्ति की थी उसी में लिप्त हुए सारे लोग। एक नई बात यह हुई कि जन-जन सजग हो गया। सारी जनता राजनीति की बात करने लगी। सबों को वोट का महत्त्व समझ में आने लगा।

एक दिन निकटस्थ सर्किल के खादी भंडार वाले सज्जन आए बरदीपुर के सद्भावना केन्द्र में। यह स्थल उन्हें भा गया। स्थापित हुए दस साल हो चुके थे। यह स्थान 1986 की भयानक बाढ़ झेल चुका था। छोटे-छोटे फूलों के पौधे बड़े-बड़े पेड़ हो गए थे। फूल-फुलवारी नयनाभिराम था। परिसर में मात्र दो हॉल थे। सब कुछ साफ-शफ्फाक। उन्होंने आकर अपना परिचय दिया।

"महतो जी, मैं आपको पहचानता हूँ। कई बार खादी भंडार पर जा चुका हूँ। एक ही तो है इस पूरे इलाके में। कहिए कैसे आना हुआ?"

"बहुत सुना था सुधीर बाबू आपके इस सद्भावना केन्द्र के विषय में। आकर देखने की बड़ी इच्छा थी। देखकर तृप्त हूँ।" गद्गद थे वे।

"यह मेरा सौभाग्य है।"

"आपसे एक आग्रह करने आया हूँ। बल्कि एक सुझाव समझिए।"

"आदेश कीजिएं।"

"आपका यह स्थान और यह पूरा इलाका एकदम बैरन है। कहीं कुछ नहीं है परन्तु कुछ करने की पूरी गुंजाइश है। आप खादी कमीशन के कुछ कार्यक्रमों को लेकर काम कीजिए। आपका भी और इलाके का भी भला होगा।"

"क्या प्रोग्राम? खोलकर बताएँ।" सुधीर ने कहा।

"बहुत से कार्यक्रम हैं। चरखा का सेंटर तो बना ही सकते हैं। रुई तथा चरखे का प्रबन्ध कमीशन करेगी। मधुमक्खीपालन...।"

"जरा सुनिए महतो जी, आप किसको कहेंगे चरखा कातने के लिए? यहाँ की हर औरत गाय-बैल-भैंस को सानी-पानी देती है। तब खेत जाकर निराई-गुड़ाई करती है, खेत रोपती है, काटती है। उसके पास चरखा जैसी सोफियाना चीज पर हाथ आजमाने की फुरसत है? ये लोग अनाज उपजाते हैं, गोरस पाते हैं यही बहुत है। देख रहे हैं यह पूरा इलाका खेती के मजदूरों और मिट्टी काटने वालों का है।"

"कमीशन से शहद की पेटी ले लीजिए।" महतो ने सुझाव दिया।

"देखेंगे महतो जी।"

सुधीर सोचता है, कृषि आधारित छोटी-बड़ी योजनाएँ आनी चाहिए निकटस्थ इलाके में। इस छोटी और धीमी पहल से क्या होगा? कार्य वही दिए जाएँ जो किए जा सकें। सारे लोग न तो एक ही प्रतिभा के होते हैं न एक शारीरिक क्षमता के। ऐसे में शिक्षण और प्रशिक्षण केन्द्र हो तो नये लोग जुड़ पाएँगे।

कई व्यवसाय बाढ़ के कारण नष्ट हो गए। पशुपालन पर बड़ा असर पड़ा है। सरकारों से आशाएँ धूमिल हो गई हैं। वह अपने आपको जिस योग्य पाता है वही करता है। वह जानता है कि अपने गाँव तथा आजू-बाजू के गाँव के लड़के-लड़कियों की शिक्षा में कोई योगदान दे सकता है। उनके व्यक्तित्व निर्माण के लिए उन्हें गीत-संगीत, नाटक इत्यादि की ओर उन्मुख कर रहा है और वही करता रहेगा। एक जीवन यदि कुछ लोगों को सँवार देने में लग जाए तो इससे बड़ी उपलब्धि क्या हो सकती है? अपने पात्र की स्थिति यह स्वयं जानता है। कितना बोझ वहन कर सकता है, कितना दायित्व ले सकता है सब जानता-समझता है। अब सुधीर राजनीति से भी असम्पृक्त हो चला है। उसके सपनों की पार्टी, जे.पी. के आशाओं की पार्टी कहाँ बची है? वह तो कब की खंडित होकर यहाँ-वहाँ बिखर गई है। किसी में उनके सपनों का अक्स तक नहीं है।

सुधीर की रुचि जाती रही। उसने नक्सलवाद का पंथ इसीलिए पकड़ा था कि उसे लगता था विसंगतियों को दूर ऐसे ही किया जा सकता है। जैसे ही भ्रम दूर हुआ, भाग निकला। लेकिन इस देशव्यापी दुर्दशा, लोकतंत्र की देन से कहाँ भागकर जाएगा। सुधीर का मन पीढ़ी-दर-पीढ़ी बदलते छात्र-छात्राओं के विकास को देखकर तृप्त रहता है। इससे किसी का न तो कुछ बिगड़ता है, न बाधा आती है। अब सुधीर किसी चुनाव में भी सक्रिय नहीं होता। सुधीर पूरी तरह डूब गया है बच्चों में। जमीन के और टुकड़े बालू से भर दिए गए तो ऊँचे हो गए। जल बरसात में ही आता। स्कूल-कॉलेज की ओर जाने वाले बच्चे खेल-कूद में मन लगाने लगे हैं। खेल तो पहले भी होते थे, ग्रामीण खेल! इन दिनों क्रिकेट-हॉकी भी खेलने लगे हैं। वह पहले की तरह नकली बाँस-बल्ले का नहीं, असली सामान का।

सुधीर हजारी के सामने बच्चे बड़े होते गए, अपनी रुचि के अनुसार आगे बढ़ते गए। अधिकांश बच्चे पारिवारिक दबाव में, तब भी नगरों-महानगरों

में नौकरी करने चले गए। वहाँ तरह-तरह का काम था। किसी छोटी-मोटी प्राइवेट फैक्ट्री के मुंशी, गार्ड की या मॉल के विक्रेता की। अधिकांश लोग जो यहाँ तक भी पहुँच नहीं पाते वे सचमुच मजदूर हो गए।

सरकारें बदलती रहीं। पंचायती राज का लागू हो जाना विशिष्ट परिघटना थी। उससे भी बड़ी घटना स्त्रियों के लिए तैंतीस प्रतिशत का आरक्षण। जिस प्रान्त में भी स्त्री अवगुंठन में रहती है वहाँ चुनाव लड़कर मुखिया बन जाए यह बड़ी बात तो है। यह वही स्थान है जहाँ सर्वाधिक सशक्त प्रधानमंत्री स्त्री थी। सर्वाधिक असमर्थ स्त्री यहीं मुख्यमंत्री भी बनी। यह सच है कि ग्लैमर स्थापित करने को किसी की विरुदावली में आप जोड़ लें कि गाय के गोहाल में बैठकर उपले थापने से लेकर प्रशासन की सर्वोच्च कुर्सी पर बैठ रही है महिला। लेकिन उसकी हकीकत किसी से छुपी नहीं थी। स्त्रियों द्वारा 33 प्रतिशत और फिर 50 प्रतिशत पद भर दिए जाने से शिक्षा की समस्या का हल नहीं निकल सकता। स्वास्थ्य तथा अस्मिता की रक्षा नहीं की जा सकती है। लेकिन ऐसे ही एक दिन अपना अधिकार भी जान जाएँगी।

पंचायत के अनेक अधिकार हुए, लोक प्रशासन तथा दायित्व उसका हो गया। पंचायत के विकास के लिए बिजली, पानी, संचार व्यवस्था का पूरा दायित्व पंचायत का हुआ। पंचायत को केन्द्र सरकार से लेकर राज्य सरकारों तक ने सारे हरबे-हथियार से लैस कर दिया। लोकशाही की कई लेयर में जो गांधी जी की परिकल्पना थी वह एक दृष्टि से साकार हुई लगी। इस विषय पर सुधीर हजारी के स्थल पर विचार-विनियमन होता लेकिन विचार-विनियम स्वान्तः सुखाय ही होता।

"पंचायत के मुखिया गाँव में आए फंड का दुरुपयोग कर रहे हैं। आवास योजना पर पैसे कमीशन में लेते हैं सुधीर भाई।" तभी गजाधर साहनी ने कहा।

"एम.पी. और एम.एल.ए. के फंड की सड़कें बन रही हैं, वे किस ठीकेदार को काम देते हैं गज्जू भाई?" सुधीर ने पूछा।

"अपने दामाद के भाई को एम.पी. साहब ने दिया है और अपने चचेरे साले को एम.एल.ए. ने।"

"वह क्या है भाई?"

"सही बात है।" गंगा चौपाल थे।

"जो ऊपर देखेगा वही नीचे करेगा। अब यह कोई मुद्दा नहीं है।" एक ने कहा।

"अपने गाँव में जो सड़क बने उस पर ध्यान दें लोग। किसी का साला, किसी का जीजा हो काम ठीक करे फिर खाता रहे। जितना कर सके करे।" सुधीर ने कहा।

"हम लोगों को गाँव-टोले से सावधान रहना है भाई।"

"सब अगर ध्यान दें तो बहुत बेईमानी नहीं होगी।"

"ए भइया, जागो। फुआ मुखिया है और उनका बेटा सब कुछ करता है। लड़का एक नम्बर का लंठ है।"

"फुआ अँगूठा लगाने वाली क्या समझेगी? लड़का भी कोई बहुत तेज नहीं है। समझा-बुझाकर उससे काम लिया करो।"

"देखिए, नवटोलिया का एक आदमी तालाब बनाने के लिए रुपया लिया। बनाया नहीं।"

"अपने आवास के लिए रुपया लेता है और बेटी की शादी में खर्च कर देता है।"

"जब आप खुद स्पष्ट नहीं हैं तो दोष किसे देंगे? सुधीर ने समझाया।

"मुफ्त का खाने की आदत जो हो गई है।"

"छोड़िए यह सब, अब आप यहाँ अकेले न रहिए। उमर हुई, गाँव में रहिए।" अज्जू मियाँ ने कहा।

"अकेले कहाँ हैं, गोनू सदा रहता है। कहो न गोनू।" बोला सुधीर ।

"रहते तो हैं, पर हम ही कौन जवान हैं।" गोनू ने कहा।

"बच्चे आते हैं छुट्टियों में तब हम गाँव ही चले जाते हैं भाई, यहाँ कहाँ रहते हैं? और देखो, बिजली का पोल गड़ गया है। यहाँ जल्दी ही रोशनी होगी। तब क्या दिक्कत है।"

"रोशनी आपकी सेवा कर देगी?" अज्जू ने कहा।

"ऐसा? तब न जरूरत पड़ेगी जब बीमार होंगे?" सुधीर थे।

"बीमार क्यों? उम्र हुई न? नजर कमजोर, शरीर कमजोर।"

"ऐसा कुछ नहीं है।" सुधीर ने टाल दिया।

रोज शाम को ये पुराने साथी-संगी बैठते। कई बार ये लोग कबीर दास का भजन गाते, साथ बैठकर रेडियो सुनते। उस पर वाद-संवाद करते। गाँव में बनने वाले पंचायत भवन, सामुदायिक भवन की उपयोगिता पर प्रश्नचिह्न लगाते। इन्हें सदा से डिस्पेंसरी की आशा-आकांक्षा थी। उन भवनों से क्या होगा?

इन दिनों पुनकला की तबीयत ठीक नहीं रहती। तेज बुखार और पेशाब में जलन। दो-चार दिन रहते, फिर तबीयत ठीक हो जाती। होमियोपैथिक दवा खाती। डॉक्टर के कहने से पानी खूब पीती। लेकिन रह-रहकर तकलीफ होती।

"अम्मा, अभी विधान सभा चल रही है मुझे फुरसत नहीं है। मैं गाँव में रहमान भैया को कह दे रहा हूँ कि अपनी नई गाड़ी से तुमको पटना ले आए; यहाँ के डॉक्टर से जाँच कराई जाएगी।" उसने कहा।

"ठीक है बाबू।" अब पुनकला 'न' नहीं कह सकी।

"अम्मा, साथ रहने के लिए लीला को लेती आना।" बेटे ने कहा।

"लीला यहाँ बच्चा लोग को पढ़ाती है, वहाँ बहू तो है न!"

"अम्मा, एक महीना भी नहीं लगेगा। बच्चों को खानगी पढ़ाती है। फिर जाकर पढ़ाएगी। यहाँ तुम्हारी बहू ने एक कम्पनी खोली है। उसे ले आना।"

"लीला, कल तुमको मेरे साथ पटना गाड़ी से जाना होगा। आज ही तुम लड़की लोगों को कह दो।" पुनकला ने समझाया।

"नहीं अम्मा, मैं पटना नहीं जा सकती। वहाँ सारे दरिंदे घूम रहे हैं।" लीला ने घबड़ाकर कहा। पुनकला अचम्भित हुई।

"तुम मुनेसर के घर में मेरे साथ रहोगी, कौन दरिंदा वहाँ आएगा?"

"अम्मा, कहीं किसी ने मुझे देख लिया तो? उलटे भैया फँस जाएँगे। जरूर उन लोगों ने गुमशुदगी की रपट लिखाई होगी।"

"मेरे बेटे को क्यों परेशानी होगी? तुम अपनी मर्जी से हो यहाँ। वह भी मेरे साथ। कोई जबरन तुमको रखा है किसी ने?

"अम्मा, आप नहीं जानतीं उन लोगों को।" रोने लगी लीला। लेकिन किसी को साथ जाना तो चाहिए। वह तुरन्त उठकर गाँव की ओर गई, वहाँ घूसक हजारी की बहन माया फुआ से बात की। माया नैहर में ही रहती है। एक बेटा है जो पंजाब कमाने जाता है। बहू और एक पोती है। बहू से सलाह करने के बाद वह जाने को तैयार हो गई। माया फुआ से पुनकला की अच्छी छनती थी। दूसरे दिन माया पुनकला के साथ पटना गई। लीला नहीं आई यह देखकर मुनेसर को थोड़ी नाराजगी हुई। उसे लगा अम्मा ने नाहक उसे सिर चढ़ा रखा है। पर अभी इनकी डॉक्टरी जाँच जरूरी है। वही प्राथमिकता है। पुनकला की बात बहू ने समझी।

"लीला का डर भी सच है अम्मा, यहाँ विधान सभा के इर्द-गिर्द घूमने-फिरने वाले दलाल टाइप के लोग हैं उसके नीच सम्बन्धी लोग, नजर पड़ सकती है। लीला ने दुख झेले हैं, वह समझती है अम्मा।"

"हाँ, जिसको शरणागति मान लिए उसकी रक्षा करना धर्म है, बेटी उसको फिर कैसे छोड़ दें।"

"वहाँ आपकी देखभाल करती हैं। यहाँ मैं हूँ न!"

"तुम नई कम्पनी खोली हो, तुम्हारा काम बड़ा है। छुट्टी कहाँ है?" पुनकला ने कहा।

"अरे नहीं अम्मा, हमारी कंसल्टेंसी की कम्पनी है ऑनलाइन। एक कमरे से काम होता है। घर में ही तो हैं।"

पुनकला उसकी ओर अबूझ-सी देखती रही। बहू को खयाल आया कि पुनकला कुछ नहीं समझती। जब पढ़ी-लिखी शहरी औरत इसकी अम्मा को नहीं समझ में आता है तो गाँव की अनपढ़ सासु माँ क्या समझ पाएँगी। पुनकला ने समझा कि पढ़े-लिखों की बात है। वह तो कम्पनी का माने बड़ी सी इमारत में, बड़े अहाते में चलने वाले लोहे के फाटक के पीछे के अनेक फैक्ट्रियों के ब्याज से बने ऑफिस को समझ रही थी। छोटे और बड़े का भेद नहीं जान पाई थी। एक बार छीतन हजारी के साथ सिमरिया घाट गंगा नहाने गई थी। वहाँ से बरौनी जंक्शन जाना था। घूमते-फिरते छीतन ने दिखाया—देखो, यही बाटा कम्पनी है। बिल्डिंग के उत्तर जो शानदार पोस्टर लगा था उस पर बड़ा सा तस्मे वाला जूता था। पुनकला खूब हँसी थी। यदि यह जूता किसी सेठ के माथे पर गिर गया तो? क्या होगा। छीतन भी हँसने लगा था यह सुनकर। ठाकुरगाँव वाली के दिमाग में कैसी-कैसी बात आती है। इसका इल्म होने पर भी पुनकला ने कुछ न पूछा आगे।

पुनकला के गाँव से जाने के बाद लीला को घर खाने दौड़ता। खाना बनाने तथा घर देखने वाली मौसी का मन भी नहीं लगता। परीक्षाएँ हो चुकी थीं। लड़कियों में से चार इसी गाँव की थीं जिन्होंने दसवीं की परीक्षा दी थी। उनके पास सरकारी साइकिलें थीं, सो वे घर के काम निपटाकर लीला के पास आ जातीं।

"दीदी, शोभना की शादी तय हो गई है; इक्कीस तारीख को बरात आएगी। आप जरूर आइएगा।" एक लड़की ने कहा। शोभना नामक लड़की शरमा रही थी।

"वाह, बधाई शोभना, कहाँ शादी तय की है? लड़का क्या करता है? फोटो वगैरह है?" लीला ने उतावली होकर पूछा।

"मैडम जी, साहेब बन्दगी।" शोभना का पिता था।

"कहिए, क्या खबर है?" लीला ने स्वागत किया पर लड़कियाँ साइकिल ले फुर्र हो गईं।

"शरम से चली गईं।" शोभना के पिता ने कहा।

"वही तो पूछ रही थी कि कहाँ शादी तय हुई है?"

"दीदी जी, बेटी अठारह बरिस की हो गई। दसवीं की परीक्षा भी हो गई। सोचा शादी कर दूँ।"

"अच्छा समय है। ठीक किया पर कहाँ?"

"बकुनी-शा का लड़का है। लड़का बी.ए. में पढ़ता है। उठन्त घर है। दू बीघा खेती है। बाप पंजाब कमाकर बेटा को पढ़ाया। हमारे बराबरी का घर है।" शोभना का पिता सन्तुष्ट लगा।

"बहुत अच्छा, ठीक किया।" लीला ने कहा।

"मैडम जी, आइएगा जरूर।"

"इसमें कहने की बात है? एक ही कमी खलेगी कि अम्मा नहीं हैं।"

"दिन देकर आए तब पता चला चाची पटना गई हैं।"

"चलो हम जरूर आएँगे भैया।"

शोभना का पिता निमंत्रण देकर लौटा कि लड़कियाँ आ गईं। उन्हें लड़के की तस्वीर दिखाने की हड़बड़ी थी।

"देखिए दीदी, लड़के का फोटो।" एक लड़की ने अपनी कुर्ती की जेब से तस्वीर निकाली। लम्बोतरे दुबले चेहरे वाले लड़के की आँखों में

विश्वास की चमक थी। घनी जुल्फें थीं, मूँछों की भूरी रेखा उभरी थी। छोटे से फोटो पर मुहर थी। जाहिर है कि यह फोटो दसवीं या बारहवीं के फॉर्म से या एडमिट कार्ड से निकाला गया है। लीला को हँसी आई।

"फोटो कैसे मिला?"

अब सारी लड़कियाँ फिक् से हँस पड़ीं।

"क्या बात है?"

"दीदी, मेरे भाई के साथ पढ़ता है, उसी के सोर्स से शादी तय हुई है। वही लाया।"

"क्या शोभना का फोटो भी वहाँ गया है?"

"जी दीदी।"

"यही एडमिट कार्ड वाला?" मुस्कुराई लीला।

"जी वही फोटो है पर मुहर वाला नहीं। अलग से रखा हुआ भेजा।"

"वाह, यह सारा रोमांटिक काम तुम लोगों का है?"

सब हँसने लगीं, उत्सव-सा वातावरण हो गया। कुछ लड़कों के हाथों में एंड्रायड फोन था जिसे उनकी बहनें भी इस्तेमाल करती थीं। वह सब देखकर लड़कियों ने शादी पर धमाल करने की सोची। मेहँदी, संगीत का रूप बदल लिया। शादी के जोड़े में गोटे टाँकने लगीं, यह सब पहली बार हो रहा था। पहली बार ही जयमाल की रस्म की स्वीकृति मिली।

उधर दूल्हा गौरव पासवान अपनी बहनों, बुआओं की गिरफ्त में था। उन लोगों की पल-पल की खबर दुल्हन पक्ष को मिलती। ये कौन सी कम थीं? हल्दी और संगीत नृत्य धूमधाम से हुआ। शादी का जोड़ा बहुत नायाब बना।

"गौरव यार, तुम्हारी शादी है इक्कीस को और आज मुझे पता चला है।" गाँव के सबसे नवधनाढ्य ठीकेदार का बेटा राजेश कह रहा था।

"तुम्हारे यहाँ पापा सबसे पहले गए थे राजेश।" गौरव ने कहा।

"हाँ, तभी तो मुझे पता चला। तुमने अलग से नहीं कहा, आखिर साथ ही पढ़ते हैं हम, सहपाठी हैं।" राजेश के कहने पर गौरव सोच में पड़ गया। आई.ए. पास करने के बाद सुना था कि इसने नाम लिखवाया है। इससे बात भी हुई थी।

"तुमने कौन-कौन विषय लिया है गौरव?" पूछा था इसने।

"मैथिली ऑनर्स, इतिहास और समाजशास्त्र सब्सिडियरी।"

"राम-राम, मैथिली पढ़कर क्या करोगे?" उसने मुँह बिचकाया।

"मेरी छोड़ो, तुमने क्या लिया है?"

"इतिहास ऑनर्स, इंग्लिश और पॉलिटिकल साइंस सब्सिडियरी लिया है।" गर्व से तनकर कहा राजेश ने।

"मैथिली सब्सिडियरी में भी नहीं रखा?"

"अरे नहीं, उसकी क्या जरूरत है? बल्कि मैं इंग्लिश स्पीकिंग कोर्स में दाखिल होना चाहता हूँ। बड़े-बड़े अफसरों से बात करनी पड़ती है।

"यहाँ के अफसर हिन्दी में ही बात करते हैं राजेश और तुम यहीं बिजनेस करते हो।" गौरव ने कहा। गौरव को याद नहीं आता कि कभी राजेश को कॉलेज परिसर में देखा हो। परीक्षा के समय भी नहीं देखा। पता नहीं, पढ़ता भी है या नहीं।

"सुनो गौरव, गाड़ी करने की जरूरत नहीं है। इस बार चिमनी से खूब नफा हुआ। एकदम ब्रांड न्यू चार चक्का खरीदे हैं। उसी पर चलेंगे, गाड़ी की सजावट मैं करवा लूँगा।" अधिकार से कहा राजेश ने, गौरव चुप रहा।

इक्कीस तारीख को बरात बड़ी धज से आई। यहाँ भी लड़के-लड़कियों ने अच्छी सजावट की थी। गाँव भर के लोग पहली बार सियाराम की शादी का अनुपम दृश्य देखने जा रहे थे कि जयमाल होगा वरमाल! वरमाला का मंच सजा हुआ था, मंच पर दो कुर्सियाँ वर-वधू के लिए

रखी थीं। बकुनिए में किराये पर सब मिलने लगा था। पासवान लोगों के यहाँ पहला मौका था ऐसी शादी का। मंच पर दूल्हा गौरव और उसके साथी थे; शोभना की सहेलियाँ उसे लेकर आईं। शोभना और गौरव के हाथों में वरमाला दे दी गई थी। विवाह की वीडियो रिकॉर्डिंग हो रही थी लेकिन जिनके हाथों में मोबाइल था वे भी ले रहे थे तस्वीरें। राजेश भी मोबाइल लेकर गौरव के ऐन बगल में बैठा था।

शोभना ने वरमाला बढ़ाई, गौरव ने सिर आगे कर झुकाया। वरमाला गले में डाल दी गई। राजेश ने पलक झपकते ही गौरव के हाथों से वरमाला झपटी और शोभना के गले में डाल दी। दरअसल उसने अपनी गरदन आगे कर शोभना से जबरन वरमाला पहन ली। राजेश के साथी साथ थे, हथियार से लैस। वे ताली बजाने लगे। सारे बराती और सराती सकते में आ गए। यह क्या हो गया? राजेश ने शोभना को बाँह पकड़कर खींचा और कुर्सी पर बैठा दिया।

"ये क्या हो रहा है?" लीला सामने आकर बोली।

"चोप्प हराम की औलाद, पाही-पट्टी से आकर यहाँ कानूनची बनेगी?"

गौरव का पापा आगे आकर राजेश के सामने हाथ जोड़कर खड़ा हो गया। इसके साथ कुछ और लोग भी आए।

"राजेश बाबू, ऐसा अन्याय न करें।"

"अब क्या, वरमाला हो गई, शादी हो गई।" हँसा राजेश।

"वरमाला कौन रसम है जी? खेला करते हैं। हटिए लड़की को मंडप पर ले चलिए वेदी के पास, चलिए गौरव बबुआ।" हजारी लोगों के अधिकृत पुरोहित ने कहा।

"वेदी पर हम जाएँगे, शादी हम करेंगे।" राजेश सीना तानकर और ठोंककर बोला। गौरव बहुत देर से चुप था।

"राजेश, यह मेरी वाग्दत्ता है।" गौरव ने कहा।

"चार अक्षर पंडिताई बघारने से कुछ नहीं होता है। तुमसे पहले से मेरी वाग्दत्ता है। पूछो इससे कि चार साल पहले इसको चिट्ठी देकर बात पक्की की थी या नहीं?"

शोभना चुपचाप रो रही थी। अब लीला से नहीं रहा गया। उसने सभा को सम्बोधित किया, "भाई लोग आप ही कहिए, किसी बच्ची को कोई लफ्फू-लुच्चा चिट्ठी लिख देगा तो वह उसकी हो जाएगी?"

"ऐ औरत, तू चुप रहेगी कि तेरी खोपड़ी उड़ा दूँ?" राजेश ने पिस्तौल तान दी।

"लेकिन यह गलत है।" पूरी भीड़ चिल्ला उठी।

"अपनी ही जाति की आप इज्जत उतार रहे हैं। आपके गार्जियन कहाँ हैं?" हजारी पुरोहित ने कहा।

"चुप पुरोहित, चल मेरी शादी करा, दुगना पैसा कमा।" राजेश था।

"यह गुंडागर्दी है।"

"अन्याय है।"

"तुरन्त थाने में खबर करो।" गाँव के लोग थे।

"ऐ गाँव वालो, हाँ गुंडागर्दी है, क्या कर लोगे?" राजेश के इशारे पर उसके चार-पाँच गुर्गे हवाई फायरिंग करने लगे। लोग तितर-बितर होने लगे। शोर मच गया। जब शान्त हुआ तब लोगों ने देखा कि जिस गाड़ी पर दूल्हा आया था उस पर चढ़कर राजेश फरार हो चुका था। शोभना को साथ ले गया। गौरव फुँका सा बैठा था। गाँव के बराती और सराती अप्रतिम से बैठे रहे। लीला ने गौरव के पिता को समझाया कि थाना में नालिश करें।

"जाने दीजिए मैडम जी, जल में रहकर मगर से बैर नहीं किया जा सकता है। इसका बाप इससे भी बड़ा गुंडा है। थाना पुलिस उसकी जेब में है।"

गौरव ने तड़पकर अपने पिता की ओर आग्नेय निगाहों से देखा। लीला ने लक्ष्य किया।

"आप बरात लेकर ऐसे ही नहीं लौटेंगे कुटुम, हमारी भतीजी है, दू माह में वह भी अठारह बरिस की हो जाएगी। उसी से शादी कर लीजिए।"

"दीदी जी, माफ कर दीजिए।" लीला की ओर हाथ जोड़कर उन्होंने कहा। लीला ने उनका जुड़ा हाथ पकड़ लिया। उसके कपोल आँसुओं से गीले हो गए थे। उसने देखा, गौरव अपने पिता को घूर-घूरकर देख रहा है।

"अहा, इससे बढ़िया क्या बात हो सकती है। चलिए लड़की को लाइए वेदी पर।" पुरोहित ने कहा।

"मैं आपकी चिन्ता समझ रहा हूँ, पर अब मैं यह शादी नहीं कर पाऊँगा।" गौरव ने शोभना के पिता से कहा। फिर सबकी ओर हाथ जोड़कर कहा, "आप सब हमें क्षमा करें। जो घटना घटी उसमें हममें से किसी का हाथ न था। यह निरी गुंडागर्दी है। हम सबको मिलकर इसका विरोध करना होगा। जातीय पंचायत से लेकर कानून तक। आप लोग यदि साथ देंगे तभी होगा।"

"आप आगे बढ़िए।"

गौरव पासवान अपने गाँव पिता तथा बराती के साथ लौट आया। लौटना किसी हारे हुए सेनानी का लौटना नहीं था। गुंडे से हारने जैसा जरूर था। परन्तु इसका प्रतिकार ढूँढ़ना अब उसके जीवन का ध्येय बन गया है।

घर लौटकर लीला ने पुनकला को फोन कर सब कुछ बताया। पुनकला ने मुनेसर को कहा और याद दिलाया कि जातीय पंचायत का वही छड़ीदार है, सरदार माइंजन है। हस्तक्षेप करना चाहिए। सोच में पड़ गया मुनेसर हजारी। है तो सरदार माइंजन। जिस दिन पिता के तर्पण के बाद पगड़ी बन्धन हुआ उसी दिन जातीय पंचायत ने सर्वसम्मति से माला इसके हाथों में सौंपी थी। इसने दायित्व लेने तक से इनकार किया था।

सरकारी नौकरी का, अपनी अनुपलब्धता का हवाला दिया था। लेकिन लोगों ने कहा, जातीय पंचायत किसी संकट की घड़ी में ही बैठती है। तब समय निकालना होगा। पाँच पीढ़ी से माला आपके गोसाईं घर में टँगी है। कभी कोई अनुचित फैसला नहीं किया है। अब भी यह आपके पास ही रहेगा। आप पढ़े-लिखे हैं, समय साल को पहचानते हैं, अपने चलन को भी जानते हैं। आप ही योग्य हैं। यह मामला गम्भीर है।

"लीला, तुम शोभना के बाबू से पूछकर जरा गौरव पासवान के बाबू का फोन नम्बर देना। कल हम देखते हैं क्या कर सकते हैं।" घर में सब उद्विग्न थे। कहीं बहुत बड़ी साजिश के शिकार तो नहीं हो रहे हैं मुनेसर? माइंजनी क़ी कानून की नजर में क्या हैसियत है? जातीय निर्णय को यदि कोई न मानना चाहे तो हम क्या कर सकते हैं? जाति बाहर, हुक्का-पानी बन्द। इसका अब कोई अर्थ तो है नहीं। चुप भी नहीं बैठ सकते हैं। बाबू, दादा, परदादा को जल कैसे देंगे? उनकी माला का अपमान हो जाएगा। संयोगवश दूसरा दिन रविवार था। लीला ने शोभना के बाबू से गौरव का मोबाइल नंम्बर लेकर दे दिया मुनेसर को। मुनेसर ने गौरव पासवान को फोन किया।

"गौरव पासवान जी, मैं पचही टोला का मुनेसर हजारी पटना से बोल रहा हूँ। मैं ही जातीय पंचायत का माइंजन हूँ। आपके इस केस का हम जल्दी ही समाधान निकालेंगे।"

"जी प्रणाम काका। समाधान क्या है?"

"सबसे पहले आप पूरी घटना लिखकर मेरे पते पर भेज दें। मैं सबको खबर करूँगा। आप चाहें तो थाना में भी केस कर सकते हैं।"

"अपराधियों, दबंगों का थाना पर क्या प्रभाव होता है यह आपसे छुपा नहीं होगा काका।" गौरव ने कहा।

"हाँ, सही कह रहे हैं। उसने लड़की उठाई, क्या शादी कर ली है बाजाब्ता?"

"पुरोहित जी तो यहीं थे, कौन कराया होगा शादी?" गौरव था।

"तब तो अधिक अपराध हुआ उसका।"

"काका, उसे किसी धर्म-कर्म से भी मतलब नहीं है। सुना है लड़की को लाकर अपने कमरे में ले जाकर छड़ी से मार-मारकर बेहोश कर दिया। उसके घर की औरतें चीखती रहीं, वह मारता रहा। मारकर कहीं भाग गया है। गाँव में है भी नहीं।" गौरव ने कहा।

"आप शान्त रहें और उधर का सुराग लेते रहें। कोई बात हो तो मुझे फोन जरूर करें। मैं एक हफ्ते के अन्दर आता हूँ। आप पत्र लिखकर मेल कर सकते हैं?"

"जी, कर सकता हूँ।"

"शाबाश।" कहा मुनेसर ने। रामनगर के एक पंच को फोन कर सारी कहानी सुनाई। उसे कुछ कच्चा-पक्का मालूम था। उसने कहा।

"मुनेसर सरदार, जातीय बन्धन कुछ ढीला हो गया लगता है। शहरी का चलेगा पर देहात में कैसे चलेगा? आप आइए, पंचायत बकुनिए में बैठेगा। हम सबको खबर कर देंगे।"

रामनगर का जातीय पंच घूम-घूमकर दसों मुंड इकट्ठा कर आया। बकुनिया जाकर ठीकेदार साहब को भी कह आया। ठीकेदार सिर झुकाकर बैठा था। गौरव और उसके बाप को भी कहा। निर्धारित दिन में बैठक हुई।

राजेश पासवान ने इतना बड़ा और बुरा तमाशा तो खड़ा कर दिया लेकिन बाप के डर से भाग गया गाँव छोड़कर। ठीकेदार घर आया तब उसकी बूढ़ी माँ ने उससे सब कुछ कहा। लड़की घर में कराह रही थी। डॉक्टर से दवा मँगाकर राजेश की माँ ने उसे दे दिया था। वह कुछ खा-पी नहीं रही थी। ठीकेदार साहब ने अपने हाथ जोड़े और बेटी कहकर पुचकारा तो अन्न-जल ग्रहण किया। दवा खाई। मलहम लगाया। ठीकेदार बेहद घबड़ा गया था। ठीकेदार ने इसे चिमनी खोलकर बैठा दिया था। नई

गाड़ी खरीद दी थी। बी.ए. में नाम लिखा दिया था कि जैसे-तैसे बी.ए., एम.ए. पास करा दे। नेताजी की बेटी से शादी कराने के सपने देख रहा था जिससे आगे चलकर राजनीतिक लाभ होता। इसने सब गुड़ गोबर कर दिया। किस लव-शव के चक्कर में पड़ गया। पंचायत में लोगों के पैर पकड़ लेगा कि जैसे-तैसे बात दबा दी जाए, लड़की को अपने हाथ से गौरव पासवान को सौंप देगा। जो जुर्माना लगाना चाहे पंचायत वह देगा। इज्जत बच जाए। हल्ला न हो।

पंचायत सरदार माइंजन से पूछकर अपने आँगन में रखी। ठीकेदार साहब ने अपनी टोपी शोभना के पिता के पैरों पर रख दी और हाथ जोड़ लिये, "वह नादान लड़का दादी के बिगाड़ने से मनबढ़ू हो गया है। उस घटना के बाद कहीं भाग गया है। पता नहीं कहीं डूब-धँस के मर गया कि कहीं है। आपकी बेटी मेरी बेटी, पूरी जात की बेटी है, लुकेसरि माय है। हम इज्जत से उसको आपके घर पहुँचा देंगे। क्षमा करिए।"

"माफी तो गौरव बाबू से माँगिए। उनकी इज्जत कम खराब नहीं हुई है।" शोभना के बाबू ने कहा।

"गौरव मेरा बेटा है, पूछिए हम इसको कितना मानते हैं। बेटा गौरव, तुम्हीं माफ कर दो। मैं अभी तुम्हारा लगन कराता हूँ। तुम तैयार तो हो शादी करने को?" ठीकेदार ने कातर होकर कहा।

"काका, हम शादी करने ही तो गए थे। हम तो अभी भी न्योते दूल्हा हैं पर यह तो कन्या से पूछिए, वह क्या चाहती है। यह इसलिए कह रहा हूँ कि उस दिन राजेश ने कोई पुराना मामला बताया था। सो शोभना कुमारी से पूछ लिया जाए।"

"यह जरूरी है। लड़की का मन जाने बिना कैसे फैसला देंगे? बिटिया को बुलाइए।" ठीकेदार की बूढ़ी माँ शोभना को बाहर लाई, शोभना लुटी-पिटी सी बाहर आई।

मुनेसर ने देखा, फिर पूछा—"बेटी, उस दिन कुछ अवाच-कुवाच बोलकर राजेश तुम्हारे साथ जबरदस्ती किया। यहाँ ले भी आया! यह अवैध है। तुम गौरव से शादी करने वाली थी तो अब तुम्हारा क्या विचार है?"

"काका, हम सातवीं क्लास में थे तभी राजेश ने मुझको चार लाइन की चिट्‌ठी लिखी और हाथ में पकड़ा दी। मैंने लीला दीदी को दे दी चिट्‌ठी। लीला दीदी ने उससे जो भी कहा मैंने न सुना, न फिर कभी इसे देखा।" कहकर वह चुप हो गई।

"तो तुम्हारा उस लड़के से कोई मतलब नहीं था?

"नहीं, कभी नहीं था।"

"अब बताओ कि तुम किसके घर जाना चाहती हो?"

"मेरे बाबू जिसके हाथ में मेरा हाथ देंगे। लेकिन अगर वे मुझको नहीं अपनाना चाहेंगे तब हम अपने बाबू के घर रहेंगे। आगे पढ़ेंगे, खूब पढ़ेंगे।" यह कहकर शोभना ने एक भरपूर नजर गौरव पर डाली जो इसकी ओर बड़े गौर से देख रहा था।

"गौरव बाबू, अब आप कहिए।"

"मैं अब भी शादी के लिए उत्सुक वर हूँ। मैं शोभना कुमारी क़ा ही वर हूँ। बेबाकी के लिए क्षमा करें। मैं आज ही पंचों के बीच शादी कर अपने घर ले जाना चाहता हूँ।"

गौरव के इस वचन पर सभी साधु-साधु कर उठे। ठीकेदार ने गाड़ी भेजकर तुरन्त पुरोहित को बुलाया। पंचों के सामने विवाह सम्पन्न कराया। जो जुर्माना पंचायत ने लगाया उसे अदा किया और सहमिलन से इस अति उलझे मामले को सुलझा लिया।

मुनेसर हजारी अपनी गाड़ी से आए थे वे गाँव नहीं आए, सीधे पटना चले गए। लीला तथा सभी लोगों को शोभना के पिताजी ने सब कुछ बताया। गौरव ने लीला दीदी से शोभना के मोबाइल पर बात करवा

दी। लीला को गौरव के लिए बहुत गौरव बोध हुआ। पूरी तरह से शरीर की चोट ठीक होने में लगभग एक महीना लगा। मन की चोट गौरव के व्यवहार से पहले ही ठीक हो गई थी। उसके मन में आता कि वह पूजा की थाली लेकर शिवमन्दिर जा रही थी। रास्ते में कोई मरखना साँड़ दौड़ा दिया। थाली भी गिर गई और वह बुरी तरह चोट भी खा गई। उस साँड़ पर क्या क्रोध करे, उसकी तो फितरत यही है। ऐसा नहीं कि पूजा की थाली फिर न सज पाए, ऐसा नहीं कि पूजा फिर हो ही नहीं।

उसी बीच स्कूल का रिजल्ट निकला। शोभना प्रथम श्रेणी में पास हुई। पचही टोले में खूब मिठाइयाँ बँटीं। वहाँ की सभी लड़कियाँ और लड़के अच्छी तरह पास हुए थे। सबका श्रेय लीला दीदी को मिला।

"तुमने उस दिन पंचायत में कहा था कि शादी नहीं करूँगी तो खूब पढ़ाई करूँगी। क्या तुम्हें लगता है कि शादी करने से पढ़ाई रुक जाती है? ऐसा क्यों?"

"ऐसा इसलिए कि ससुराल वालों को पसन्द नहीं आता।"

"पहले कोई नहीं पढ़ता था, न लड़के ठीक से पढ़ते थे, न लड़की। तब ऐसा होता था। अब तो जो सचमुच चाहे, पढ़ सकती है। कुछ ज्यादा मेहनत करनी पड़ेगी।"

"वह तो मैं पचही टोले में भी करती थी। बैलों को सुबह उठकर सानी-पानी देती, बथान साफ करती। चौका-बरतन भी कर देती। गोबर माई थापती थी। फिर पढ़ने स्कूल जाती। बकरी ले जाकर माइंजन काका की तरफ खुटेस देती, वह चरती रहती, हम पढ़ते।" शोभना ने कहा।

"ऐसा ही यहाँ भी हो सकता है।" गौरव ने कहा।

"तब कर लूँगी।"

नौहट्टा के इंटर कॉलेज में नाम दर्ज हो गया शोभना का। हफ्ते में दो दिन जाती, बाकी समय घर के काम में हाथ बँटाने में पीछे नहीं रहती।

पचही टोले की दो लड़कियों का चुनाव आँगनबाड़ी की सेविका के रूप में हो गया। लीला ने उन्हें बधाई दिया। साथ ही आगे पढ़ने की हिदायत भी दी।

उस दिन जातीय पंचायत में किसी को कुछ कहने का मौका न दिया था ठीकेदार बाबू ने। इसलिए अपमानित होने से बच गए। पर मन में एक दहशत-सी पैठ गई थी। उनकी लालसा थी कि एक बार उन्हें टिकट मिले और एम.एल.ए. बन जाएँ। खूब पैसे कमाएँ और पछिमाहा नेताजी को चन्दा दिया जाए। जातीय दल होने के कारण वे आशा करते थे कि टिकट पक्का है। लेकिन चुनाव जाति के बिना जीतना आसान न था। नेताजी लोगों के खुफिया लगे ही रहते हैं हन छुटभैयों के पीछे। बिगड़ैल मूरख बेटे राजेश ने कोई कोर-कसर नहीं छोड़ी थी इन्हें गर्त में मिलाने की। जब घर में ही ऐसा कपूत हो तब दुश्मनों की जरूरत ही क्या है? लेकिन बेटा तो एक ही है। गजब बीबी है, सिर्फ बेटियाँ ही ब्याईं। पाँच बेटियाँ, एक बेटा। उसे ठीक तो करना होगा। इन्हें पता है कि वह चिमनी पर होगा नशे में धुत्त अपने चमचों के साथ। अपनी अम्मा से कहा, "माई, चलो चिमनी पर, अपने पोता से फरियाने।"

"रे बाबू, नादान है। एक ही तो है सगरो तलाब में, बहुत गुस्सा मत करना।" माई ने कहा।

"तुमको इसीलिए तो चलने को कह रहा हूँ कि तुम हमको ठंडा रहने का उपाय बताओगी।"

"चलो।"

माता-पुत्र चिमनी पर गए। किसी ने पहले ही सूचना दे दी थी। वहाँ शराब वगैरह नहीं चल रही थी। राजेश चुपचाप गाना सुन रहा था हेडफोन लगाकर।

"मुझे मटियामेट तो कर दिया तुमने। बिरादरी में नाक कटवा दी। शर्म करो शर्म।" ठीकेदार बाबू ने राजेश से कहा। वह चुप रहा। हेडफोन उतार गाना सुनना बन्द कर चुका था। काफी लताड़ सुनने के बाद विचलित होकर कहा, "मैं क्या करता, चार साल से मेरा मन उससे शादी करने का था।"

"तुमने दादी को या अपनी माँ को बताया? बताते तब हम लोग उसके यहाँ आदमी भेजते।"

"उसको तो बताए थे।"

"कब? जब वो छोटी बच्ची थी। अलिफ-लैला की कहानी न बाँचो।"

"चिट्ठी लिखे थे।"

"चोप्प, बेहूदा कहीं का। तुमको अपना किया सही लगता है अभी भी?"

उसने सिर झुका लिया।

"अएँ रे, तोरा बड़ा परेम था छौंड़ी से, जबरदस्ती लेकर चला आया तो एतना मारपीट काहे किया?" दादी थी।

"हमसे राजी नहीं हो रही थी।"

"दैबा रे दैबा, छौंड़ी को अधमरू कर दिया।" कपाल पर हाथ मारी बूढ़ी।

"उन लोगों ने मेरा लिहाज रखा, लड़की की सोचकर केस नहीं किया होगा, वरना आज कहीं मुँह दिखाने लायक नहीं रहते।"

"नहीं पापा, उनकी क्या औकात है कि केस करते, आपके खिलाफ थाना में कौन इंस्पेक्टर केस लेगा?" तड़पकर कहा राजेश ने।

"यहाँ नंगों के बीच सिर उठाकर चलते हो, मेरे बोये को काटते हो तो बौरा गए हो। थाना लपककर उसका केस लेगा, सम्मन भी करेगा। काहे पता है? हमको पूरी तरह अपने कब्जे में लेने के लिए। दुह लेगा।

एक हथियार और उसके हाथ चला जाएगा।" ठीकेदार गरजा, राजेश ने सिर झुका लिया।

"बहुत गुस्सा था पापा, कपाल गरम हो गया था।"

"यह गुस्सा बेकार था। 'न उससे जान न पहचान बइठ बीबी सलाम'। माफी लायक काम नहीं है। खैर, हम सब मामला दबा दिए हैं तुम कुछ आगे गड़बड़ न करना।"

"नहीं करेंगे पापा।"

"ए बाबू, घर चलो, बहुत दिन से कुछ खाया-पीया नहीं लगता है। मुँह चोंचा जैसा निकल आया है।" दादी ने कहा।

"यह तो मोटा हो रहा है। मुँह कहाँ सूखा है।" ठीकेदार ने कहा।

"एह, नजर न लगाओ मेरा कुलदीपक को।" दादी थी।

"अच्छा सुन, बी.ए. का फाइनल है तुम्हारा, कभी-कभी कॉलेज घूम-फिर लिया करो। इस बार तुमको पास कराके पटना में एम.ए. में नाम लिखा देंगे।"

"जी पापा।" खुश हो गया राजेश।

"अपने पच्छिम पार वाले नेताजी के दामाद भी भागलपुर के किसी क्षेत्र में एमेल्ले हैं। उनकी बेटी अभी-अभी मैट्रिक पास की है। वे बिरादरी में ही लड़का खोज रहे हैं। हम उनसे तुम्हारा रिश्ता जोड़ने का मन बनाए हैं।"

"दुत, ऊ नेतवा का घर-घराएन करिया है, खुद्दे करिया भूत है।" दादी ने तुरन्त काट दी बात।

"माई, नातिन है। दामाद तो गोरे हैं, बेटी भी गोरी है। और यह क्या लेकर बैठ गईं, बड़ा लोग हो गया है ऊ लोग, कौंची करते हैं। बड़का-बड़का सैलून में जाकर लड़की सिनेमा की हिरोइनी जैसी हो जाती है। क्या पचही बकुनिया की लड़की जैसी घास छीलती है कि बकरी चराती है? कुछ भी मत बोलो।" चिढ़कर बोले ठीकेदार बाबू।

"तब ऐसी लड़की तुम्हारे घर में खपेगी?" माई बोली।

"उसको यहाँ नहीं खपना है, हमारे बेटे को पटना दिल्ली में खपना है। समझीं?"

"हम नहीं समझे।" माई बोली।

"तो मत समझ। चुपचाप रह।" बोले ठीकेदार बाबू। माई समझे या नहीं समझे, राजेश समझ गया। उसे पता है कि उसका पापा इसके बल पर पॉलिटिक्स की घुमावदार सीढ़ियाँ चढ़ना चाहता है। राजेश अपने पापा के साम-दाम को परख चुका है। इस मामले को सलटाकर ये उसकी नजर में हीरो हो चुके थे। लेकिन पापा ने यह ठीक कहा कि एम.ए. में पटना में नाम लिखा देंगे। यह सोचकर ही खुशी से रोमांच हो आया उसको। जबसे सुना कि जातीय पंचायत ने शोभना का हाथ गौरव के हाथों में दे दिया और यह विवाह इसी के आँगन में हुआ, अपने को हारा तथा गौरव को विजेता समझ निराश भाव से शराब में डूब गया था। पर अब पापा की योजना सुन निराशा से उबर आया था। बिना परिश्रम के बी.ए. पास करना, पटना में एम.ए. में एडमीशन होना और बिरादरी के सबसे बड़े नेता के कुटुम बनने की खुशी से चेहरा प्रफुल्लित हो उठा था।

"चल, अब घर चलकर अपनी माँ और बहनों को चेहरा दिखा दे। उठ।" पापा ने कहा। आज्ञाकारी बच्चे की तरह मानो दादी की उँगली पकड़कर गाड़ी में सवार हो गया राजेश पासवान, इलाके के पेट्टी ठीकेदार का कुलदीपक।

"देख, घर में ही रहना। गाँव में निकलकर खून जलाना ठीक नहीं।" पुत्र को हिदायत देने लगे।

"कहीं नहीं जाएँगे।" राजेश ने आश्वस्त किया।

शोभना का भाई अहोर-बहोर यानी पगफेरे के लिए गौरव और शोभना को लेने आया था। नई मोटरसाइकिल पर आया था जिसे शोभना के बाबू ने अपने दामाद के लिए खरीदा था। उसी पर चढ़कर तीनों पचही टोला आए। घर क्या, पूरे टोले में उत्सव का वातावरण था। घर की आवभगत से फुरसत पाकर दोनों मुक्त हुए।

"मैं लीला दीदी के यहाँ जाकर उनसे मिल आऊँ?" शोभना ने कहा।

"क्यों नहीं, वहाँ तो जाना ही है, गुरु जो हैं।" बाबू ने कहा।

"मैं भी जाना चाहता हूँ लीला दीदी के चरण छूने।" गौरव ने कहा।

"हाँ-हाँ जाइए पाहुन, आप भी हो आइए।"

शोभना का बाबू दीदी के लिए सात जनम जनमेगा, उनकी चरण वन्दना करेगा फिर भी नहीं उऋण होगा। जब नौहट्टा से खोखा वाला वीडियोग्राफर बुला दिया था तब उसे यह फालतू खर्चा लगा था। लेकिन वही जातीय पंचायत में सबसे बड़ा सबूत साबित हुआ। इज्जत बची नहीं तो उस ठीकेदरवा का क्या कहना! पूरा नौटंकी है साला। रंगबाज तो है ही, तब न बेटा ऐसा कपूत है। पचही टोला का पुण्य-प्रताप होगा जो लीला दीदी इस गाँव में आईं। उन्हीं के कारण लड़की लोग पढ़-लिख रही हैं। आज दो लड़की सरकारी नौकरी में आई हैं। जय हो!

"पाहुन मोटरसाइकिल से ही जाइए न। दीदी जी भी देख लेंगी कि यही हम सहरसा से खरीदकर लाए हैं।" संकोच से कहा बाबूजी ने। गौरव मान गया, दोनों मोटरसाइकिल पर सवार होकर चल दिए।

गाँव के छोटे-छोटे बच्चों ने बाइक का रुख माइंजन के दालान की ओर देख लिया। सारे दौड़ पड़े। हाँफते हुए लीला के सामने पहुँचे। सबसे पहले संवाद सुनाने की हड़बड़ी में हकलाने लगे। लीला औचक आई बच्चों की बाढ़ की बात समझने की कोशिश कर रही थी, कि देखा शोभना और उसका पति गौरव बाइक खड़ा कर उतर चुके थे। बच्चे

हँसने, तालियाँ पीटने लगे। लीला सब समझ गई। बच्चे तितर-बितर हो गए। दोनों ने लीला के पैर छुए, लीला ने उन्हें अँकवार में भर लिया।

"आइए बैठिए गौरव जी।" लीला ने मोढ़ा आगे खिसका दिया। लीला तथा शोभना चटाई पर बैठी थीं। गौरव भी वहीं बैठ गया। गौरव का बी.ए. का तीसरा साल था और अब कॉलेज खुलने वाला था। लीला को यह पता था। यह भी पता था कि शोभना ने मैट्रिक पास कर लिया है प्रथम श्रेणी में। इसलिए लीला ने पूछा—

"शोभना, तुम किस प्रकार अपनी पढ़ाई आगे बढ़ाओगी?"

"इन्होंने नौहट्टा इंटर कॉलेज में नाम लिखाने की बात कही है।"

"कॉलेज जाना-आना खतरनाक हो सकता है, दूसरा उपाय सोचो।"

"कैसा उपाय मैडम?" गौरव ने पूछा।

"दूरस्थ शिक्षा कई विश्वविद्यालय में है; पटना का नालंदा खुला विश्वविद्यालय भी है।"

"हाँ, सुना है।" गौरव था।

"उसी में नाम लिखवा दो। वहाँ से नोट्स आते हैं। बिना घर से बाहर गए पढ़ लेगी। बीच-बीच में यहाँ छोड़ जाना, मैं समझा दूँगी।"

"आपने ठीक सलाह दी। भेड़ियों से बचकर रहना चाहिए।"

लीला अपने भाग्य को सराह रही थी कि पुनकला जैसी स्त्री से मुलाकात हो गई। वे स्त्री नहीं, साक्षात् देवी हैं। बहुत दिन हो गए पुनकला नहीं आई हैं, लीला को अच्छा नहीं लग रहा था।

ऑफिस में जब कैंटीन का ठेकेदार आकर बैठता तब चटपटी खबरों की बाढ़ आ जाती। दुनिया भर की नंगई-लुच्चई वाली खबरें उसकी झोली में होतीं। उसके पास सारे अधिकारी-कर्मचारी जुट जाते। तरह-तरह के चटपटे

नाश्तों, खुशबूदार चाय के बीच पटाखे फूटते रहते। ऐसे ही समय मंत्री जी का साढ़ू आया था। वह निहायत कमीना था, पैर सदा टेबुल पर रखकर बैठता। मुनेसर को साढ़ू बिलकुल नहीं पसन्द था। वह बिना कारण तंज कसता रहता।

"मंडल जी, दलितवन को बिना काम, बिना पढ़े जब प्रमोशन मिलता जाता है तो कुछ लोग फाइल में काहे ला आँख फोड़ते हैं?"

"का जानें गोप जी, देखावा करते हैं।" मंडल नामक अहमक बोलता, सब खी-खी-खी-खी कर हँसने लगते। उस दिन अनायास किसी ने पूछा—

"ए भाई गोप जी, आपकी सरहज मिली?"

"न, नहीं मिली!"

"कहीं डूब-धँस के मर गई होगी।"

"नहीं, मरती तो लहास तो मिलती!" गोप थे।

"कहाँ गई होगी इस सवा अरब के देश में?"

"हम केस कर दिए हैं कि अपने भोले आदमी का गला टीपकर मार दी है और फरार है।" गोप बोला।

"ई तो मर्डर केस हुआ। आपका बौरहा साला मर गया?"

"अरे भाई, उसी दिन सलवा को डरा-धमका के पूछ रहे थे, बड़ा सटा रहता था उससे कि कहाँ गई है? ऊ कुछ नहीं बोल रहा था, उलटे गाली बक रहा था। गला दबा दिए, ऊ मू गया का करते। उसी पर केस कर दिए। परगट हुई नहीं कि जेल गई।" गोप ने हँसकर कहा।

मुनेसर का सुनकर सुन्न हो जाना उचित ही था। हे भगवान, कहीं ये लोग लीला की ही बात तो नहीं कर रहे हैं। पता लगाने पर जानकारी मिली कि सचमुच ये लोग लीला की चर्चा ही कर रहे थे। मुनेसर को कँपकँपी छूट गई। सचमुच लीला आती अम्मा के साथ और कहीं किसी

की नजर पड़ जाती तब क्या होता। लीला गिरफ्तार होती, शक-शुबहे में ये लोग भी फँस जाते। अच्छा हुआ नहीं आई।

मुनेसर अन्दर से डर गए। यदि इन्हें पता चल गया कि वह इनके यहाँ रहती है तब क्या होगा? कहीं फँस तो नहीं जाएँगे। इनके मन के भीतर से आवाज आती, नहीं-नहीं, उधर क्या करने जाएगा कोई? फिर दिमाग दौड़ता, यदि मंत्री जी किसी सिलसिले में उधर गए? पर गए तो गए, लीला तो कहीं नहीं जाती है। अपना मन प्रश्न करता और वही उत्तर भी दे देता। इस भीतरी संवाद से मुनेसर चूर-चूर हो गए। खाना-पीना अच्छा नहीं लगता। कमजोर होने लगे। अम्मा को गाँव विदा कर दिया था, पत्नी अपने नए काम में उलझी रहती, बच्चे बाहर पढ़ने गए थे, ये एकाकी हो गए थे। मन सदा क्लान्त रहता। तब एक दिन पत्नी ने ध्यान दिया और पूछा कि क्या हुआ है उन्हें? कोई बीमारी हुई नहीं; एक दहशत-सा जरूर पैर पसार रहा था; अन्दर-ही-अन्दर खाए जा रहा था।

"मैंने एक अजीब बात सुनी है तब से डर गया हूँ।" मुनेसर ने कहा।

"क्या बात?"

मुनेसर ने ऑफिस की बात बता दी।

"एक तो गॉसिप की बात है जिसका सिर-पैर नहीं है। दूसरे यदि सच भी हो तो हमारे दुरूह इलाके में किसलिए वे लोग जाएँगे? न जाएँगे न देखेंगे।"

"यदि चले गए और देख लिया, तब?"

"तब क्या? किसी आश्रित, वह भी बेसहारा स्त्री को शरण दिया तो कोई अपराध नहीं किया। हमें क्या पता, कह देंगे।"

पुनकला के आने पर मानो घर में रौनक आ गई।

"अम्मा, बहू के यहाँ से मोटी होकर आई हो।" लीला ने उनकी छाती से लगकर कहा।

"दवा का असर होगा। वैसे बहू ने सचमुच पूरा खयाल रखा; दिन भर घर में मेरे ही पास रहती थी लीला, लेकिन कम्पनी चलाती थी।" आँखें फैलाकर कहा पुनकला ने।

"हाँ अम्मा, आजकल फोन पर कम्पनी चलती है।"

"बाप रे, हम तो समझते थे बड़ा-बड़ा धुआँ उगलने वाला टावर होगा, सो कुच्छो नहीं।"

सब हँसने लगे।

"हम गाँव में नहीं थे तब कौन-कौन घटना घट गई?" पुनकला बोली।

"आपको भैया सब बताए होंगे।"

"बताया, बताओ एक छोटा सा चिट्ठी चार बरिस पहिले लिखा, वही हो गया उसका फूल-पान?"

"समझदारी की कमी है अम्मा, उसका बाप समझदार है। पंच में सबके पैर पर पगड़ी रखकर बच गया।"

"क्या बचेगा लीला। बाबू कह रहे थे कि आजकल जातीय पंचायत का किसको डर होता है? वह तो पोलटिस में है, नेता सब डाँटेगा उसी डर से बात पलट दिया। मान लो उसको चुनाव लड़ना हो तब?"

"काहे नहीं, आजकल सारा छुटभैया सब एमेल्ले एम.पी. बन जाएगा।"

"सोचने में क्या जाता है?" यह तो एक नया समाचार था, नई घटना थी जो गाँव के लिए उदाहरण बनी। यह नहीं है कि कोई भी वर्चस्व वाली घटना आज ही हुई है। इसी क्षेत्र में कोसिका और रन्नू सरदार की कहानी, रैया-रनपाल की कहानी, लोरिक और सलहेस की कहानी क्या है? प्रेम और उसे हासिल करने की कहानी नहीं है? जितना शोर मचाकर अपना हक माँगने की बात प्रचलित होती है, उतनी ही चिंगारी जो राख तले दबी है, उसके बारे में कोई नहीं जानता। वह जो

गोपन प्रेम है लोगों की नजरों में भले हम तोड़ दें, रहता है बरकरार अपनी आँच के संग।

एक दिन शोभना ने गौरव से पूछा कि क्या वह शिक्षिका के पद के लिए आवेदन दे दे?

"आई.ए. बी.ए. कर लो। टीचर्स की ट्रेनिंग ले लो फिर आवेदन देना। अवसर आते रहेंगे।" कहा गौरव ने।

"आप पढ़ रहे हैं, खर्च जुटाना कठिन हो जाएगा।"

"अभी ऐसा नहीं है। हम वहाँ ट्यूशन पढ़ा लेते हैं। यह जान लो कि वह आमदनी बढ़ती रहेगी, घटेगी नहीं। तुम घर के काम करती हो तब न अम्मा गाय-भैंस देख पाती हैं। दूध मशीन पर जाता है, आमदनी का जरिया होता है।"

"हाँ, घर का काम करती तो हूँ और रोपनी-छोलनी में भी जाना चाहती हूँ। अपने गाँव में जाती थी कि नहीं? लेकिन माई-बाबू ले ही नहीं जाते।"

"उनको नहीं है जरूरत। तब तक पढ़ो, कोर्स का अभ्यास करो।"

"लेकिन मजदूर रखते हैं।"

"वो तो पैंचा पालट चलता है गाँव में। इनका काम जो कर देता है उनका काम ये कर देते हैं।"

"वह तो हमारे यहाँ भी चलता है।"

"तुम सब जानती ही हो, डेढ़ कोस पर गाँव है तुम्हारा।" गौरव को यह जानकर खुशी होती कि उसकी बीवी काम करने से नहीं हिचकिचाती। इसके छोटे भाई-बहनों को पढ़ा-लिखा भी देती। बी.ए. फाइनल की परीक्षा के समय गौरव को राजेश दिखा था। शायद वह भी परीक्षा दे रहा था।

कभी क्लास करते नहीं देखा पर यहाँ तो है। उसने मुँह फेर रखा था। आखिरी दिन की परीक्षा के बाद राजेश इसके पास आया, और कहा—

"गौरव, गाँव चलते हो? साथ ही चलेंगे, गाड़ी है।"

"मेरे पास भी बाइक है राजेश, मैं और नन्हू सिंह साथ जा रहे हैं बस थोड़ी ही देर में।"

"नन्हू सिंह के बाइक से न जाकर मेरे साथ चलो न!"

"बाइक मेरी है मित्र, मैं उसे ले जा रहा हूँ। वह तो अभी छोटा है, उसके पास लाइसेंस कहाँ है।"

"ओह, बधाई तुम्हें नई बाइक के लिए। सोच रहा था साथ चलेंगे तो हम कायदे से तुमसे माफी तो माँग लेंगे। तुम तो चल ही नहीं रहे।"

"बात करनी है तो आओ हम यहीं पार्क के बेंच पर बैठ जाएँ और बातें कर लें। आओ।" एक बेंच पर बैठते हुए गौरव ने राजेश को भागने न दिया।

"मैं अपने किए पर शर्मिन्दा हूँ। पता नहीं कौन सा पागलपन सवार हो गया था मुझ पर, मुझे माफ कर दो।"

"राजेश, तुम मेरे नहीं, शोभना के अपराधी हो। कभी सोचा कि जिसको तुमने प्रेम नाम दिया वह था क्या? मैं नहीं जानता कि तुम किसको, क्यों, किस बात की सजा दे रहे थे? हम दोनों एक ही गाँव के, एक ही जाति के, एक ही कॉलेज में पढ़ने वाले युवक हैं। हमारी जाति मजदूरों की जाति है। तुम्हारे पापा व्यवसाय कर धन कमाकर ऊँची जाति का नकल करने लगे। मेरे पापा तो अब भी मजदूर ही हैं।"

"ऐसा न कहो, वे किसान हैं।"

"किसान और मजदूर में अपने यहाँ क्या फर्क है, हम क्या बाभन छत्री हैं? हम हल चलाने वाली जाति के लोग हैं। हमारे व्यवहार ने हमें दलित का दलित बनाकर छोड़ा। जैसा काम तुमने किया वैसा कभी किसी को करते सुना इलाके में?"

"माफ कर दे न यार।"

"तुम शोभना से माफी माँगो। उसकी शादी खराब की, सरेआम उसकी इज्जत उतारी। घर ले जाकर उसे शारीरिक यंत्रणा दी। मन और शरीर से घायल कर उसे तड़पने के लिए छोड़ दिया। मैंने तो उससे माँग ली माफी कि उसकी रक्षा न कर पाया, तुम्हारी गोली से डर गया अब तुम जाकर माँग लो।"

"वह हिम्मत नहीं जुटा पा रहा हूँ गौरव। मैं शोभना की ओर कभी जीवन में देख भी न पाऊँगा मित्र! मैं पछतावे की आग में जल रहा हूँ।"

"हमें ब्राह्मण, राजपूत सहपाठी हमेशा व्यंग्य करते मिलते हैं कि हम कम भी पढ़ेंगे तो नौकरी पा जाएँगे। हम दलित हैं, तब मुझे बुरा नहीं लगता है लेकिन अब बुरा लगता है कि हम सभ्य क्यों नहीं हैं? हम स्त्री की इज्जत क्यों नहीं कर पाते हैं? वह क्या मात्र एक वस्तु है कि उसे छीने-झपटे, मारे-काटे और कहीं फेंक दें?" गौरव के आक्रोश को देखकर राजेश सहम गया। वह रो पड़ा। राजेश देर तक रोता रहा। गौरव ने उसे रोने दिया।

"चलो यार, गाँव की ओर, एक-डेढ़ घंटा लग जाएगा।" कहकर गौरव उठा, राजेश उसके गले से चिपट गया। गौरव ने उसकी पीठ थपथपाई।

"तुम मुझे अपना मित्र मानो।" गौरव ने राजेश से कहा।

"सुनो गौरव, पापा मेरा दाखिला पटना में कराने वाले हैं। वहाँ किराये पर कमरा लेना ही पड़ेगा, तुम भी वहीं चलो न!" राजेश ने कहा।

"शुक्रिया यार, यह कहने के लिए। लेकिन मैं यहीं सहरसा में ही पढ़ूँगा। घर पास है, बाबू के काम में हाथ बँटाता हूँ।"

"ठीक है पर वहाँ की बात और है।"

"पढ़ाई और परीक्षाफल देखा जाता है किसी भी नौकरी में विश्वविद्यालय नहीं। जब तक मेरे दोनों छोटे भाई बाबू का हाथ बँटाने लायक नहीं हो

जाते मैं यहीं से पढ़ाई जारी रखूँगा। तुम जाओ, हम मिलते रहेंगे।" गौरव ने साफ कहा। राजेश अपनी गाड़ी की ओर बढ़ गया।

नन्हू सिंह और गौरव मोटरसाइकिल की सीट पर बैठ उड़ चले गाँव की ओर। गौरव के मन में था कि क्या सचमुच राजेश पासवान का हृदय परिवर्तन हो गया है कि मगरमच्छ के आँसू थे? फिर सोचा मेरा क्या जाता है, मैंने भी अपनी बातें कह दीं। वह समझे या न समझे। उसे बार-बार शोभना का अपमान, उसके शरीर पर चोट के निशान, उसका जर्द चेहरा याद आता। जानवर है साला, जानवर सोचता रहा गौरव। जिस पीड़ा को सायास भूल गया था उसे याद दिला गया यह दुष्ट। पपड़ी पड़े घाव को खरोंच गया वह, माफी के लायक तो बिलकुल नहीं है। भला हो अपनी जातीय पंचायत का। सचमुच हमारी सारी दलित जातियों में एक हमारी जातीय पंचायत है जो अब भी कारगर है। अब भी अनुशासन है। सन्तोष का विषय है यह।

बरदीपुर का हाल यह था कि विनोद का बड़ा पोता एम.बी.ए. कर बंगलौर में नौकरी करने लग गया था। उसे अपने बड़े दादाजी से अतिशय लगाव था। उनकी गोद में बैठकर इतिहास-भूगोल से लेकर लोकसंस्कृति पर भी किस्से-कहानी सुनता रहता था। पढ़ने-लिखने में उतना ही मन लगाता जितना घर के काम में। जब थोड़ा बड़ा हुआ तब गाँव जब भी आता खेत जरूर जाता। उसी ने दादाजी के ट्रैक्टर को सबसे पहले चलाया। धान रोपनी कर लेता। काट भी लेता। वह सुधीर हजारी के स्वप्न पूरा करने की मन-ही-मन कसमें खाता। उसे बड़े दादाजी के मुँह से ही उनके नक्सल होने की जानकारी मिली।

"आपने क्यों होना चाहा नक्सल?"

"उनका सिद्धान्त मुझे उस समय तक ठीक लगा था। गरीब और अमीर के बीच की खाई पाटी जानी चाहिए यह नारा मुझे आकर्षित कर गया था।"

"तब लौट क्यों आए?"

"वह तरीका रास नहीं आया। शान्तिपूर्वक कानूनन यह हो, हृदय परिवर्तन द्वारा हो यह ठीक लगा।"

"शस्त्र समर्पण कर आप खुश थे दादाजी?"

"उस समय खुश था, आन्दोलन तक खुश था पर आगे खुशी के मौके नहीं रहे।"

"आप सरकारी व्यवस्था से नाखुश हैं क्या?"

"बहुत कुछ वह भी है लेकिन दोष मैं अपने समाज के लोगों को देता हूँ। वे बिना सोचे-समझे अन्धानुकरण करते चले जाते हैं। सरकार की गलत नीतियों का विरोध गलत तरीके से करते हैं। जनता सब कुछ जान-समझकर गलती करती है।"

"मैं आपसे सहमत नहीं हूँ।"

"तुम असहमत हो सकते हो यह तुम्हारा अधिकार है। परन्तु असहमति क्यों है यह बताओगे?"

"जरूर दादाजी! आप सरकार की जबरन थोपने वाली नीति को कैसे सहन कर सकते हैं?"

"मैंने कब कहा कि करूँगा, लेकिन अपनी बुद्धि कहाँ चली जाती है? हाइब्रिड बीज का जब बँटवारा हो रहा था उस समय बिना सोचे-समझे इस्तेमाल किसने किया? इसी लालच में कि ललुआ-बुधुआ तीन मन कट्ठा मकई उपजा रहे हैं तो हम भी वही करें। पेस्टीसाइजर, खाद, केमिकल डालकर खेत बंजर कर लिया। थोड़ा सोच-विचार लेते तो क्या चला जाता?"

"आपकी बात में दम है दादाजी। जब सब वही करते होते हैं तब रोकना मुश्किल होता है अपने आपको।

"यहाँ अपने इलाके के कितने लड़के इंजीनियर बन गए हैं इधर पाँच वर्षों में और कितने एम.बी.ए. बता सकोगे?"

"मुझे लगता है यहीं रहने वालों में कम-से-कम दस इंजीनियर हुए हैं, एम.बी.ए. मुझे जोड़कर तीन। जो पूरी तरह से बाहर जाकर रह गए हैं उनकी गिनती नहीं है मेरे पास दादाजी, दस इंजीनियर में मैं अकेला हजारी हूँ जिसने एम.बी.ए. भी कर लिया है। दो एम.बी.ए. बाभन हैं, इंजीनियर एक और मल्लाह, दो बाबू साहब, बाकी बाभन।"

"यादव एक भी नहीं? और कायस्थ? यहाँ दो गाँव बहुत पढ़ाकू हैं।"

"यादव लड़के राजनीति में अधिक रुचि लेते हैं दादाजी, कायस्थों को मैं नहीं गिनता, वे गाँव छोड़कर चले गए। उन्हें कोई मतलब कहाँ है? वे तो नगर से महानगर, महानगर से योरप, अमरीका तक घर बनाकर रह गए हैं।"

"ऐसा न कहो, मानस काका हैं कि नहीं?"

"वे हैं दादाजी, उन्हें मैं किसी जाति का नहीं मानता। वे ऋषि हैं।"

"सच कहा।" गद्गद भाव से कहा सुधीर हजारी ने। देर तक दोनों दादा-पोता मानस बिहारी वर्मा की चर्चा में तल्लीन रहे।

"मेरे दादाजी ने इसरो में जाकर भारतरत्न के साथ वैज्ञानिक शोध नहीं किया तो क्या, उनसे कम लोगों को राह नहीं दिखाई।" कहकर पोते ने दादाजी को दोनों बाँहों में घेर लिया।

"मुझे छोड़, तेरा यह नेह-छोह मुझे बाँध लेगा।"

"आप तो बँधे हुए हैं दादाजी, कहाँ जाएँगे?"

"हमारी उम्र देखो तब कुछ कहना।"

"दादाजी, आपके सामने, इसी स्थल पर बैठकर मैं और मेरे कुछ साथी नया काम शुरू करेंगे। आप गाइड करेंगे।"

"मुझसे दिशा-निर्देश माँगते हो तो मैं एक सलाह पहले देना चाहता हूँ।"

"कहिए, हम वही तो सुनना चाहते हैं। पर दादाजी, अकेले विवाह के बिना आपकी तरह नहीं रहना हमें।" मुँहलगा पोता जित्तू बोल उठा।

"तो फिर वही पहले सुन लो।" दादाजी ने गुरु-गम्भीर स्वर में अपने जीवन का गोपन खोला। समझा दिया कि अकारण अपने फितूर में ठाकुरगाँव वाली पुनकला को जवाब दे दिया और चले गए। इतनी हड़बड़ी की जरूरत न थी। पुनकला ने न चाहते हुए भी दूसरी शादी की, की क्या कर दी गई। वक्त की जरूरत थी, लड़की को उस शॉक से निकालना था, अपनी प्रतिष्ठा भी रखनी थी। सबका अपना-अपना मान-सम्मान होता है, उसे रखना ही चाहिए। आज जो कहने में चन्द मिनट या घंटे लगते हैं उसकी अवधि कई साल थी। न देता जवाब और यूँ गायब रहता तब भी जातीय पंचायत उसे मुक्त कर देती। दूसरी बार उसकी ससुराल में मेरी मुलाकात उससे हुई। मैंने जाना कि उसका आन्तरिक लगाव मुझसे ही है, मैंने भी महसूस किया कि मैं उससे प्रेम करता हूँ। हमारी शादी हुई थी तब वह सात साल की थी और मैं दस साल का था। शादी क्या थी, गुड्डे-गुड़ियों का खेल। उस समय की सारी याद मैंने भी सँजो रखी थी। उसने खीर खिलाने के समय अधिक खिलाया मुझे यह याद कर मैं रोमांचित होता। सबसे बड़ी बात कि मुझे छोड़ना था तब मैंने गौना क्यों होने दिया? क्यों उससे पति-पत्नी का सम्बन्ध बनाया? जीतू, तुम अब बच्चे नहीं हो, चौबीस साल के हो गए, समझ सकते हो कि 21 साल का युवक इतना नादान नहीं होता। वह भी तब, जब उसने एक अलग राह चुन ली हो। वैसी राह जहाँ से लौटना नामुमकिन है और परिवार बसाना बेहद कठिन। तब मुझे वह सब जीवन जीने की जरूरत क्या थी? अपनी युवकोचित कामना की आग में उसे क्यों झोंक दिया? तुम्हें न तो यहाँ अधिक रहने का मौका मिला है, न रीति-रिवाजों से नाता है। वैसे भी समय काफी बदल गया है, छलाँग लगाकर काल खरगोश की

भाँति भागकर कहीं छुप गया है। पहले की रिवायत थी कि पहला पति जिसे बियहुआ कहते हैं वही स्त्री का असली पति है, बाकी सम्बन्धी। अब सोचो शिशुकाल की शादी का इतना महत्त्व। हम लोग जो पढ़-लिख गए, देश-देश घूमे उन्हें इन बातों से कोई मतलब नहीं। वैसे भी पुरुषों को बहुत मतलब होता नहीं। स्त्री को वे मात्र बच्चा पैदा करने और गृह कार्य करने वाली मशीन समझते हैं। लेकिन स्त्री को न कहीं जाना है, न कोई समझाने वाला है। इसलिए वह समझाए गए रिवाज का पालन करना अपना धर्म समझती है।

"दादाजी, क्या आप मानते हैं कि मात्र आप बियहुआ थे इसीलिए प्रेम है उनके मन में?"

"यही मैं कहने जा रहा था, रिवायत समझाने लगा तुम्हें। उसकी ससुराल में उस रात जब मैं उससे मिला था तब मुझे लगा वह मुझसे प्रेम करती है, मुझे छोड़ किसी और से प्रेम नहीं करती, कर नहीं सकती। अपना कर्तव्य बखूबी निभाएगी। कुछ तो मजबूरियाँ हैं, कुछ मेरी ओर से उपेक्षा भाव। मैंने भी उससे प्रेम किया है, शायद निभा भी लूँगा। यही सोच रहा था घोड़े पर जाते-जाते। मैं भीतर-ही-भीतर कमजोर पड़ गया था जीतू। प्रेम करने से अधिक घातक हो गया प्रेम से मुँह चुराना। मैं इतना कमजोर पड़ गया कि पिस्तौल तक ठीक से नहीं पकड़ पाया। बड़े-बड़े शाल के पेड़ों में निशाने लगाने वाला मैं फिसड्डी निकला। बहुत बाद के दिनों में जब मैं समन्वय आश्रम में था तब मनन करते समय बड़ी शिद्दत से महसूस हुआ कि प्रेम और हिंसा एक साथ नहीं पनपते। मैं वह नहीं कर सकता था जो मेरे सरदार मुझसे चाहते थे। मुझे मालूम था कि हमारा यह संगठन बख्शेगा नहीं। किसी को नहीं बख्शता; परन्तु मैं घबड़ाहट में नहीं था। सब कुछ मेरा अपना किया-धरा था। मैंने स्वयं यह राह चुनी थी, स्वयं ही पीछे हट गया था तब दोष किसका

था? मैं अब लौट नहीं सकता, मैं बन्द रास्तों के बीच खड़ा था। यह स्थिति मेरी अपनी निर्मिति थी। पर मैं तुष्ट था।" बड़े दादा अस्फुट से बोल रहे थे—

प्रेम पियाला जो पिए, सीस दक्षिणा देय
लोभी शीश न दे सके, नाम प्रेम का लेय।

'दादाजी' कहकर पोता जीतू उनकी छाती में मुँह गड़ाकर रोने लगा। सुधीर हजारी उसकी पीठ सहलाते रहे।

"दादाजी, एक बार जो हुआ सो हुआ, आपने दूसरा चांस क्यों नहीं लिया? मुझे तो यह समझ में नहीं आता कि लव-शव क्या एक ही बार करना चाहिए? जब पतझड़ का मौसम आता है तब पेड़ में जो पत्ते चिपके रहते हैं वे गिर जाते हैं। फिर नए कोंपल आते हैं जो पत्ते ही होते हैं, अगले पतझड़ में गिर जाने के लिए। तो यह प्रेम नाम का कोंपल फिर क्यों नहीं हो सकता?" सुधीर को हँसी आ गई।

"नए जमाने के बच्चे, तुमने ठीक कहा लेकिन बताओ कि यदि पतझड़ की तरह प्रेम 32 साल में रिन्यू होने लगे तब क्या होगा? होने तो लगा है। क्या हो रहा है तुम्हारी पीढ़ी में?"

"यहाँ तो पहले भी शादी-ब्याह, प्रेम-प्यार पर कोई बन्धन नहीं था, आखिर ठाकुरगाँव वाली दादी ने शादी की। प्रेम हुआ होगा फिर।"

"इस प्रकरण को खत्म करो।"

"किया खत्म।"

"तुम्हारे दादा विनोद तुम्हारे निर्णय से बहुत आहत हैं। अब तुम्हारे पिताजी की क्या स्थिति है मैं नहीं जानता।"

"अपने मन का कुछ करना चाहता हूँ, बेकार नाराज हैं।"

"इतना पढ़ाया-लिखाया, कुछ आशाएँ पाल लीं तो गलत क्यों है?

बेकार नहीं है उनकी सोच। वे चाहते हैं कि तुम बंगलौर की लगी हुई नौकरी न छोड़ो।"

"उनका मन यह भी है कि मेरा डेपुटेशन ओवरसीज में हो जाए। वे मेरे यहाँ पासपोर्ट-वीजा बनवाकर श्यूऽऽऽ कर-करके जा पहुँचे।" अपने हाथ, होंठ की जुम्बिश से बड़े ही मनोरंजक ढंग से बताया जीतू ने। सुधीर की हँसी छूट गई।

"मैं भी कहता हूँ, तुम वहाँ ज्वाइन कर लो। कुछ दिन नौकरी का सुख भोगो, अनुशासन सीख लो। फिर मजबूत होकर काम करो।"

"बड़े दादाजी, मेरा एक दोस्त अनुभवी है। हम कम्प्यूटराइज व्यापार की स्थापना करना नहीं चाहते। हम डेयरी फार्म खोल रहे हैं। उसके साथ उन्नत प्रोडक्ट बनाने की मशीन लाएँगे। एक छोटी फैक्ट्री लगेगी। जब प्रोडक्शन शुरू होगा तब मार्केटिंग की जरूरत होगी। दो-तीन मित्र मार्केटिंग में हैं।"

"योजना तो बड़ी अच्छी है बशर्ते कि चल पाए।"

"चलेगी नहीं, दौड़ेगी दादाजी, आपको हम पर भरोसा नहीं है?"

"तुम पर है, यहाँ के लोगों पर नहीं। टाँग खिंचाई करेंगे, तंज कसेंगे। तुम लोगों का मनोबल गिराने के लिए बहुत सारे हथकंडे अपनाए जा सकते हैं। लोग परिश्रमी नहीं हैं यहाँ के।"

"हम हथकंडों से नहीं डरेंगे दादाजी, भागेंगे नहीं। हम सब जानते हैं। यहाँ रहकर लोगों को रोजगार मिलेगा तो क्या दिक्कत है? अगर फिर भी नहीं रहेंगे, नहीं करेंगे तब झारखंड, उड़ीसा से कर्मचारी ले आएँगे। आपने ठीक कहा कि यहाँ परिश्रमी नहीं होते। यहाँ नहीं होते, लेकिन बाहर जाकर दुगनी मेहनत करते हैं। आप देखिए हम कर दिखाएँगे।"

"तुम अपनी जिद नहीं छोड़ोगे।"

"आपने छोड़ी क्या? नक्सलवादी बने, जे.पी. वादी बने, स्वयंभू बने। अकेले रहे, मनमौजी रहे। आपका पोता हूँ, आप जैसा ही हूँ।"

"मुफ्त में मुझे बदनाम कर रहे हो।"

"छोटे दादाजी भी मान जाएँगे, खुश होंगे। शुरुआत के पहले ऐसा ही होता है। इस इलाके में यह नया काम है, वह भी एक पढ़े-लिखे लड़के के द्वारा। मैट्रिक पास करने के बाद ही जो वर्ग एक नौकरी की तलाश में दर-दर भटकता है वह बंगलौर की नौकरी छोड़ वही काम करने चला है। गाय-भैंस पालना कौन पढ़े-लिखों का काम है? दादाजी, हम यह धारणा पलट देंगे।"

"उधर पूरब तरफ मछली पालन खूब हो रहा है।"

"वह भी खूब चल निकला है। करने को बहुत काम हैं। ऐसे भी देश हैं जो मात्र फल-सब्जी, दूध-मछली के बल पर पूरी अर्थव्यवस्था चला लेते हैं। हम क्यों नहीं कर सकते।"

"मैं तुम्हारी बातों से सहमत हूँ। विनोद की उदासी मैं दूर कर दूँगा।" उसी रात उन्होंने छोटे भाई को बुला भेजा।

"विनोद, जब तुम्हारा बड़ा भाई पढ़-लिखकर भटक रहा था तब तुम विचलित थे, अब पोता यहीं रहकर बड़ा काम करना चाहता है तब भी मुँह सुखाकर बैठे हो। ऐसा क्यों?" पूछा सीधे-सीधे।

"यह आप भी जानते हैं भैया। मुझे सिर्फ कहने के लिए ऐसा कर रहे हैं। आपने कोई नौकरी नहीं छोड़ी। वह समय अलग था भैया। आप अपने आपसे तुलना न करें। ये सब लाट साहब हैं। चार दिन में नशा उतर जाएगा, गायें बेचना, बाँटना शुरू कर देंगे। तब तक काफी देर हो चुकी रहेगी। नौकरी हाथ से चली गई रहेगी।"

"इतने निराश क्यों हो?"

"ऐसा ही होता है भैया। कई गाँव में इसके जीते-जागते उदाहरण मिल जाएँगे। बाभन-कायस्थ के लड़के सफल हो ही नहीं पाए, हम किस खेत की मूली हैं।"

"ऐसा नहीं है विनोद, जीतू और उसका ग्रुप जिसमें बाभन भी है, असफल नहीं होगा।"

"कैसे कह सकते हैं?

"ऐसा जुनून है। साथ ही बातचीत से लगता है।"

"क्या लगता है?"

"यही कि प्रोडक्शन से मार्केटिंग तक निगाह है।"

"अनुभव क्या है?"

"इनकी पढ़ाई यही सिखाती है। ये निर्माण का कार्य करने की योजना बना रहे हैं, उत्पादन की बात कर रहे हैं। वह सब अपने भरोसे। मैं कोई उदाहरण नहीं हूँ। मैंने दूसरों के कहने पर अनुत्पादक कार्य करना चाहा जिसका रास्ता विध्वंस की ओर जाता है। इसलिए तुलना न करना।" सुधीर हजारी ने कातर होकर कहा।

"हम छोटे किसान हैं भैया, हमारे पास क्या है?"

"ये तुमसे कुछ भी नहीं माँग रहे हैं।"

"बैंक से, कृषि विभाग से, पशुपालन विभाग से ऋण लेकर काम करेंगे। जिस काम को हमारी तीन पीढ़ी से किसी ने नहीं किया वही करने पर आमादा हैं।"

"हमारे पिता और पूरा टोला निरक्षर था, हम दोनों भाई तथा गाँव के दो-चार लोग साक्षर हुए। मैं ग्रेजुएट हो गया। अपना बेटा इंजीनियर हुआ। उसका बेटा-बेटी इंजीनियर और एम.बी.ए. हो गया। यह विकास है। कभी किसी ने डेयरी नहीं लगाई, कभी कोई फैक्ट्री नहीं खोली तो कोई नहीं कर सकता यह न सोचो।"

"भाई, लोग तंज कसेंगे—पढ़े फारसी, बेचे तेल।" विनोद के यह कहने पर जोर से हँसे सुधीर।

"फारसी पढ़कर ही तेल बेचा जाएगा विनोद, संस्कृत और मैथिली

पढ़कर नहीं। क्योंकि तेल अरब-ईरान में ही है।" कहावत के इस अर्थ को सोचकर दोनों भाई हँस पड़े। छोटे ने बड़े भाई के समझाने को तरजीह दी। उसने पोते की पीठ ठोंकी।

"चल आगे बढ़, तेरे ऊपर दो-दो दादाजी का आशीर्वाद है। खूब काम कर, नाम कर।"

ऊँचे-ऊँचे बालू के ढूहों को समतल किया जा रहा था। ये ढूह अब बाढ़ का कई पानी खाकर ठोस हो गए थे। बहुत जंगल था। जंगलों ने जमीन को अधिक पुख्ता कर दिया था। पहले मशीन बैठाने की कोठरी बनी। संयंत्र बैठाने की जरूरत महसूस हुई। गाँव इलाके के दूध से काम शुरू किया गया। गाँवों के दूध यहाँ खपने लगे। जब तक जीतू दल की गायें आतीं, भैंसें आतीं, तब तक काम का परीक्षण हो रहा था। इस सफल परीक्षण के उत्साह से गाँव के इलाके के लोग मवेशी अपने-अपने खूँटे पर बढ़ाने लगे। इन लोगों ने गुजरात से मुड़ी सींगों वाली भैंसे लीं, गुजरात के ही गिर से विशेष प्रकार की गायें लीं। एक व्यवसाय के साथ अक्सर कई व्यवसाय जुड़ जाते हैं। यहाँ भी ऐसा ही हुआ। चारा वगैरह की दुकानें खुल गईं। घास के चरागाह विस्तार पाने लगे। देखादेखी, मुर्गीपालन, बकरी पालन भी शुरू हो गया। मछली पालन इधर नहीं आया। वह या तो पूरब तरफ हो रहा था या उत्तर की ओर। सुधीर ने मन-ही-मन सोचा खादी भंडार वाले महतो जी ने इसी तरह के मिलते-जुलते काम करने का प्रस्ताव रखा था। इससे सम्भव न हुआ। हो ही नहीं सकता था। सुधीर इस प्रकार का न तो परिश्रम कर सकता है, न निरन्तरता रख सकता है। ये लड़के सचमुच अर्थव्यवस्था को बदलने का माद्दा रखते हैं। सरकार की तरफ से योजनाएँ आ रही थीं। मुखिया और पंचायत मन मसोसकर रह जा रहा था। एक दिन शाम को टहलते-टहलते दोनों भाई इनके फार्म पर पहुँचे। लड़के खड़े होकर अभ्यर्थना करने लगे।

"वाह, सब एक साथ जुटे हो?" सुधीर ने कहा।

"हम लोग दिन भर का हिसाब-किताब कर रहे थे दादाजी।" एक ने कहा।

"यह अच्छा करते हो, प्रतिदिन हिसाब कर लेने से उलझन नहीं रहती।"

"दादाजी, हम लोगों के पास एक प्रस्ताव आया है।" दूसरे लड़के ने कहा।

"कैसा प्रस्ताव?"

"सरकार सब्सिडियरी देगी अगर हम लोग सौर ऊर्जा का पूरा ताम-झाम लगा लें तो।"

"तुम लोगों ने क्या सोचा है?"

"हमने स्वीकृति दी है। आवेदन देने जा रहे हैं।"

"यह अच्छी बात है। क्या मशीनें ग्रहण करेंगी सौर ऊर्जा?"

"कुछ नए पाइप और बर्नर लगाने की जरूरत पड़ेगी। मामूली।"

"तब तो ठीक है। जैविक खाद की शुरुआत कर ही दी है।"

"दादाजी, हम एक वर्ष में आत्मनिर्भर हो जाएँगे। आशा करते हैं कि बीस साल में चुकाने वाले ऋण हम दस साल में ही चुका दें।" विनोद और सुधीर ने एक-दूसरे को देखा, मुस्कुराए।

"अब यह किसी अनुभवी बैंकर से पूछना, सही क्या रहेगा? जो ऋण का समय है उतने में ही चुकाओ। यदि वे ब्याज माफ करें तभी देना, वरना चलने दो।"

"हाँ, यह जान लेना होगा।" एक लड़के ने कहा।

"उन पैसों से कुछ और कर लेना।"

"जी, दादाजी।"

सब कुछ देख-सुन दोनों भाई सन्तुष्ट लग रहे थे।

"विनोद, बड़े चुप हो?"

"भैया, इन उत्साही युवकों को देख हैरत में हूँ कि हमने जल, जमाव के दिन में कम-से-कम पशुधन को सँभालकर क्यों नहीं रखा? बार-बार बाढ़ में बाहर भागने की परेशानी में औने-पौने में बेच दिया था। याद है न, जब हम लोग छोटे थे तो दक्षिण से भैंसों की टोली लेकर लोग आते। गरमी बीत जाने के बाद चले जाते। वैसे ही हम भी बरसात में कहीं चले जाते।"

"सही सोच रहे हो, वह दिन कट गया। अब काम करने का समय है, हम साथ दें।"

"जीतू कह रहा था, इधर एक पशु चिकित्सालय के लिए भी आवेदन दे दिया है। मुखिया से लिखवा लिया है।"

"जरूरी तो है।"

पटना से आने के बाद कुछ कमजोर तो हो गई थी पुनकला लेकिन रोगमुक्त हो गई थी। उन्हें खाने-पीने की हिदायत दी गई थी। अक्सर ये पौष्टिक भोजन नहीं करतीं। पूरा गाँव कबिराहों का है सो मछली-मांस से परहेज रहता। बरसात में खासी मुश्किलों का सामना करना पड़ता। जलीय शाक-सब्जी या गर्मी में सुखाकर रखे गए सामान ही खाते। अब तो बाजार-मंडी ठाँव-ठाँव विकसित हो गए थे, सब्जियाँ मिल जातीं। चूँकि पुनकला को साफ-सुथरा टॉयलेट चाहिए, अलग से चाहिए इसलिए स्वयं छुट्टी लेकर मुनेसर बाबू पटना से ही सामान लेकर आए। आँगन के कोने में ही जगह तजवीज की गई। उन्हें पता था कि बनाने वाले मिस्त्री मिल जाएँगे। सरकारी योजना के तहत टॉयलेट बन रहा है। मुखिया जी को पता चला कि मुनेसर हजारी शौचालय बनाने का सामान लेकर आए हैं तो मिलने चले आए।

"अरे मुखिया जी, मैं खुद आपसे मिलने आ रहा था।" मुनेसर ने उन्हें कुर्सी पर बैठने का इशारा करते हुए कहा।

"नहीं भाई जी, आप क्यों आते, मैं खुद ही आ गया। थके होंगे।"

"हाँ, सड़क कितनी भी अच्छी हो, पीठ अकड़ जाती है, पैर सीधे ही नहीं होते देर तक।" मुनेसर हजारी ने कहा।

"जी भाई जी, इसीलिए पटना मीटिंग में जाने के नाम से मन काँप जाता है। पर जाना तो है ही।"

"स्कॉर्पियो इसीलिए तो लिया, है न?" हँस पड़े मुनेसर।

"जी-जी।"

"पटना गए बिना फंड अधिक से अधिक कैसे मिले?"

"वह भी है और कई योजनाएँ लागू होती हैं वह पता ही नहीं चलता, ऐसे भी जरूरी है।" मुखिया ने कहा।

"कुछ योजनाएँ पंचायत के सदस्यों की सेहत के लिए बहुत ही मुफीद हैं; जैसे तालाब खुदवाने की योजना, वृक्ष लगवाने की योजना, है न?" मुनेसर के इस तंज पर मुखिया हँस भी न सके।

"भाई जी, मैं चाहता हूँ कि आपके यहाँ शौचालय बनवा दूँ।"

"आप मुझे मिस्त्री का पता बता दें। सामान, पाइप, टंकी, पैन सब लेकर आया हूँ।"

"एक हमारी ओर से भी बन जाए।"

"आपकी बात समझ रहा हूँ। मुखिया जी, वह सब जरूरतमन्द लोगों के लिए है। उनके लिए है जो खर्च नहीं कर सकते। खासकर मुसहर भाइयों के, मोची लोगों के टोले के लिए है। अपने यहाँ तो पीसी लोग हैं, मजदूर हैं उनके लिए है। अभी एक पहले से शौचालय है, एक बनवा रहा हूँ, इससे अधिक की जरूरत नहीं है।"

"जैसी आपकी इच्छा।" मुखिया जी चाय सुड़ककर चले गए।

लीला गौर कर रही थी कि मुनेसर भाई लीला से कुछ भी न पूछ रहा है, न कह रहा है। और समय रहता तो अम्मा की दवाई पथ्य के विषय में परची थमा इसे ही समझाता। पर इस बार अम्मा को ही समझाता रहा।

"यह पत्ते वाली लाल टैबलेट एक ही खानी है। यह शीशी वाली सुबह-शाम, यह पैकेट वाली हर मंगलवार दूध में घोलकर।"

"सो हम भूल भी जा सकते हैं।"

लीला सोच रही है कि क्या भूल हुई उससे? अबोला क्यों कर दिया भाई ने। किसी ने कुछ कह दिया क्या? लेकिन क्या अपराध किया है मैंने? उसे याद आया कि शोभना की पंचायत में वे बकुनिया आए और वहीं से लौट गए। इधर मुनेसर के दिल में हलचल थी। गौर से लीला के व्यवहार को देखता है, क्या यह हत्या कर सकती है? अगर इसकी प्रवृत्ति हत्यारिन की, चरित्रहीन की होती तब इतने वर्षों में पता नहीं चलता? न, लगती तो नहीं। यह तो सेवाभावी लड़की है। अनाथ, किसी प्रकार का कोई सुख कभी नहीं मिला। अम्मा की सेवा करती है, कभी कुछ अतिरिक्त नहीं माँगती, किसी सुविधा की मोहताज नहीं है। लगभग दस साल से यहाँ है, किसी प्रकार की शिकायत सुनने को नहीं मिली फिर भी मन मलिन तो हो गया।

शौचालय तथा नई टंकी बनकर तैयार हो जाने, उसे चालू कर देने के बाद ही मुनेसर को जाना था। काम खतम हो गया था। हिसाब-किताब कर मुनेसर हजारी, मिस्त्री और मुखिया जी बैठे चाय-पानी कर रहे थे। बात-बात में पता चला कि ये बब्बन मिस्त्री बहुत दिनों से गाँव में ही सीमेंट का शौचालय पॉट बना रहे हैं। छिटपुट लोग, आस-पास के गाँव के, बनवाते हैं। पहले भारी बनाते थे, धीरे-धीरे हल्का बनाने लगे। कुसहा बाँध जब टूटा था तब भी इन्होंने कुछ पॉट बनाकर बाँटे थे। किसी छुटभैये ठीकेदार ने आश्वासन दिया था कि शीघ्र ही उनसे अधिक खरीदी करेंगे। लेकिन वह न हुआ। ठीकेदार किसी दबाव में आ गया और सुदूर किसी

कम्पनी का प्लास्टिक पैन खरीद लाया। तर्क यह था कि शिविर में किसी बहुत स्थायी सामग्री की जरूरत नहीं है।

"मुखिया जी, आप चाहें तो इसे बढ़िया कुटीर उद्योग का दर्जा दे सकते हैं। अभी तो शौचालय बनाने का अभियान चला हुआ है।"

"ए मुनेसर बाबू, क्या कहते हैं, उद्योग में पूँजी लगता है?"

"तुम कुसहा डिजास्टर के बाद एक साथ कितना बनाए थे?"

"मेरे साथ मुश्ताक भी था, हम दोनों चाचा-भतीजा मिलकर सत्तर-अस्सी बना लिए थे।"

"मुखिया जी चुप हैं। क्यों?"

"हम जानते हैं भाई जी कि यह होगा नहीं। वो लोग यानी ऊपर वाले लोग नहीं करने देंगे। वहीं से सब सामान आता है।" मुखिया ने सिर झुकाकर कहा।

"पॉलिसी के अनुसार लिखकर दीजिए कि यहाँ के कुटीर उद्योग से हम सामान लेंगे।" मुनेसर ने सुझाया।

"कुटीर उद्योग रजिस्टर्ड होना चाहिए। है कि नहीं बब्बन भाई?"

"हाँ, होना चाहिए। मुश्ताक कह रहा था।"

"तो करा लीजिए, मुखिया जी मुश्ताक को कहाँ काम पर लगाए हुए हैं? बुलवाइए न!"

"यहीं सामने स्कूल के पास चार शौचालय बन रहा है, वहीं पर कुमैटी हॉल भी बनेगा इसीलिए।"

"बब्बन, मोबाइल से फोन करो तो, भाई जी बुला रहे हैं, कहना हम भी हैं।"

बब्बन ने फोन किया, उधर से मुश्ताक ने कहा, एक हाथ सिमटी लगाना बाकी है। करनी-दू करनी का काम है। हो जाता है तो ही आएँगे। सबने सुना।

"अरे, पश्चिम तरफ के गाँव में भितरी, पश्चिमी बाँध के पास सुना कि गाँव सब में बहुत काम हुआ है। गाँव सब चमन हो गया है चमन।" कहा बब्बन मिस्त्री ने।

"अच्छा?" मुनेसर जानना चाहता था।

"भाई जी, वहाँ का इलाका पढ़ा-लिखा है। इंजीनियर, एम.बी.ए. लड़का सब बड़का-बड़का नोकरी छोड़कर डेयरी फार्म लगाया है, फैक्ट्री लगाया है! सौर ऊर्जा का प्लांट लगाया है। गाँव में पचास साल से हाईस्कूल है, मिडल स्कूल तो है ही। नया कन्या विद्यालय भी खुल गया है। उसका मुकाबला कहाँ से करेंगे?" मुखिया ने कहा।

"ऐसे सोचेंगे तब ऐसे ही रहेंगे। समझना तो यह चाहिए कि आगे बढ़ें। कुछ तो हो।" मुनेसर ने कहा।

"भाई जी, हम आते हैं पटना, आप आवेदन लिख देंगे मेरी ओर से जो जरूरी है? हम भी चाहते हैं अपने इलाके में एक हाईस्कूल हो, लड़कियों का स्कूल हो। साइकिल मिलने के बाद भी पाँच कोस चलाकर लड़कियाँ जाएँ यह सम्भव नहीं लगता है। हमारी लड़कियाँ जो मैट्रिक पास की हैं वे लीला दीदी की कृपा से। इससे पता चलता है कि बकरी चराती, गाय के लिए घास काटती, चूल्हा-चौका करती हमारी बहन-बेटी पढ़ सकती है।" मुखिया ने कहा।

"आओ न, बहुत तरीका है, हम जानने की कोशिश करेंगे कि कैसे अपने इलाके को फायदा पहुँचेगा।"

"ऐसी पूँजी भी नहीं चाहिए मुनेसर बाबू की कर्जा चुकाने में ही खप जाए।" बब्बन था। मुश्ताक भी आ गया था।

"साहेब बनगी भाई लोग।"

"ई देखो, भूत के मुँह में राम-राम।" मुखिया ने कहा, सब हँस पड़े।

"बैठो मुश्ताक, काम की बात करने बुलाए हैं।" मुखिया बोले।

"एह, तो बिना काम की बात के तू बोलावेगा?" मुश्ताक ने कहा।

"सेप्टिक पॉट जो तुम और बब्बन बना लेते हो, उसकी फैक्ट्री बैठा लो यही कहना था।" मुनेसर ने कहा।

"दिने देखारे सपना देखे लगा। एक आदमी नहीं, चार आदमी। यही सब अजगुत कहाता है।" मुश्ताक ने कहा।

"चार आदमी जब कह रहा है तब सपना कैसे हुआ?"

"फैक्ट्री खोलें मुखिया जी, हम कारीगर हैं, बब्बन चचा साथ देते हैं। हम दस आदमी को सिखा सकते हैं। तैयार हैं।" छाती ठोंककर कहा मुश्ताक ने।

"दस आदमी बहुत है, अभी दो से काम चलेगा।" मुनेसर हजारी थे।

"आते हैं भाई जी पटना, स्कूल वगैरह के लिए कोशिश हो।"

"आओ सब होगा।"

दूसरे दिन सुबह-सुबह इनको निकलना था। रात के समय मोबाइल पर मुनेसर शायद अपनी पत्नी से बात कर रहे थे। पत्नी को बता रहे थे कि लीला को घर से चले जाने की बात कह न सके। पर भय लग रहा है। पत्नी शायद इनके भय को निराधार बता रही थी। लीला जगी थी, उसने कुछ सुना, ध्यान से, "निराधार कहती है। यदि सुराग मिल गया तो हमारे घर पर भी आँच आ सकती है।" लीला को यह समझ में आ गया कि बात उसी की हो रही है। अभी कुछ पूछना अच्छा नहीं समझकर सुबह की प्रतीक्षा की उसने। मुनेसर को जाना था, पाथेय तैयार करना था। लीला ने वह सब तैयार कर दिया। नाश्ता-चाय मुनेसर को देकर निकट ही बैठी।

"भाई मुनेसर, मुझसे कोई गलती हुई है कि आप नहीं बोलते हैं मुझसे?" सीधे पूछा।

"तुमसे क्या गलती हो सकती है भला?" पुनकला ने कहा।

"अभी भाई बताएँगे। मैं सुने बिना टस-से-मस न होनेवाली।"

"बात नहीं करने का कोई मामला नहीं है। मैं अपने आप में ही उलझ गया हूँ।" मुनेसर ने कहा।

"क्या हुआ बौआ?" पुनकला चिन्तित हुई।

"बात थोड़ी अजीब है। पर तुम्हारी बहू ने कहा कि लीला दीदी से जरूर बता दें। यह भी कहा कि मामला कुछ भी नहीं है।"

"क्या बात है? मैं फिक्र में पड़ गई हूँ।" लीला अब विकल हुई।

"लीला दीदी, आपके ससुराल वालों ने आप पर मर्डर केस कर दिया है, जब आप भागीं उसी दिन।"

"किसका मर्डर? मैं उन हथियार वाले मुश्टंडों का मर्डर कैसे कर दूँगी निहत्थी?"

"उनका नहीं, अपने अशक्त-अक्षम पति का मर्डर करके भाग आई हैं, यह आरोप है।"

"क्या उसे मार डाला दरिन्दों ने?" रोने लगी लीला।

"मुझे ले चलिए पटना, मैं उन पर केस करूँगी।" रोना बढ़ता गया।

"यह क्या है बाबू?" पुनकला की आँखें भर आईं।

"लीला दीदी, शान्त हो जाइए। हम यहाँ अलग परेशान हैं।" मुनेसर ने कहा। लीला अब बेआवाज रो रही थी। पुनकला भी रोने लगी।

"ऐ बाबू, बताओ न!" पुनकला ने पूछा।

"अम्मा, उस बेचारे निरीह प्राणी को, जो इनका पति था, उसे गला दबाकर मार डाला और मर्डर केस इन पर कर दिया। कुछ नगदी वगैरह लेकर भागीं यह भी केस है।"

"न, यह तो खाली हाथ थी। कोई कैसे अपने सुहाग को उजाड़ेगा?"

"केस ऐसा किया है।"

"भाई, वो लोग मुझ पर जबरदस्ती करने के समय भी उसका गला पकड़े रहता था, वह रोता रहता। चीखता तो मारता। राक्षस है।" रोने लगी।

"हम सब समझ गए पर एक सलाह दे रहे हैं। गौर से सुनिएगा। इधर बहुत से पत्रकारनुमा लोग घूमते रहते हैं, वे बातों-बातों में छोटी फिल्म बना लेते हैं। फेसबुक वगैरह पर आपका कोई इंटरव्यू डाल दे सकते हैं। आपको पहचान जाएगा आपका परिवार तब क्या होगा यह सोच सकती हैं न? मुझे डर है कि उसमें हम लोग कहीं फँस न जाएँ।" मुनेसर ने अपनी चिन्ता बताई।

"आप पर आँच आने से पहले मैं मर जाना पसन्द करूँगी।"

"आपके मर जाने से केस और उलझ जाएगा, यह सोचा भी नहीं आपने।"

"आप जो कह रहे हैं उसका मैं पालन करूँगी।"

आपने शोभना की शादी में जो वीडियो बनवाया उसे पंचायत में पेश कर अच्छा किया था। परन्तु उसमें आप हैं। वह वीडियो कहाँ है?"

"मेरे पास है। मैंने रुपया चुकाकर ले लिया है।"

"उसे किसी को न दें, कहीं भी कभी भी न निकलें। वे बड़े खतरनाक लोग हैं।"

"यहाँ कैसे पहुँच सकते हैं वे लोग?" पुनकला ने पूछा।

"वे नहीं, लीला दीदी का फोटो कहीं भी जा सकता है, वे ढूँढ़ लेंगे।"

"मैं ध्यान रखूँगी भाई।" वह उठकर कोठरी में चली गई। जाकर चौकी पर लेट गई। रुलाई का वेग कम नहीं हो रहा था।

"अम्मा, मैं चलता हूँ। लीला दीदी को रो लेने दो। बहुत बड़ा दुख है यह। मेरे मन में बेकार की शंका थी।" उठकर चल दिए मुनेसर। अजीब सा समाँ था; पुनकला भी रोए जा रही थी। दिन चढ़ आया था। अब क्या हो सकता है। लीला पुनकला के पास आई।

"अम्मा, मत रोओ। हम मजबूर औरतों के साथ यही होता है, हम तो जिबह किए जाने वाले बकरे हैं। छुरी उनकी, गरदन अपनी। आँसू पोंछ लो। लोग पूछेंगे तो क्या कहोगी? कि दस साल पहले हुए अन्याय के लिए आज रो रही हूँ। अम्मा, भाई ने कहा, इस समय फूँक-फूँककर कदम रखने की जरूरत है। दस सालों से ज्यादा खराब समय आ रहा है। यह फोन, यह फेसबुक। हमने कुछ नहीं बिगाड़ा था भगवान का, उन्होंने दुख दे दिया जन्म लेते ही। मेरा दुख तो अपरम्पार है। खत्म होने का नाम ही नहीं ले रहा है। लगता नहीं कि कभी भी पिंड छूटेगा मेरा दुखों से।"

"ठीक कहती हो बेटी, हम भूल जाएँ सब कुछ।"

कुछ बच्चियाँ पढ़ने आई थीं। लीला ने आज उन्हें याद किया गया सब सुनाने को कहा ताकि बोलना न पड़े। उसे अनमनी-सी देख एक बच्ची ने तबीयत के विषय में पूछा। लड़कियों ने उन्हें बीमार समझा। आराम करने को छोड़ चली गईं। रातभर जगी भी तो थी लीला। वह अपनी चौकी पर जाकर पड़ी रही। पड़ते ही गहरी नींद में चली गई। शाम हो गई तब नींद खुली। मन हल्का था। निःस्वप्न सोई थी लीला। पुनकला और लीला बरामदे में बैठी थीं कि एक मोटरसाइकिल आती दिखाई दी। शोभना और उनके पति गौरव थे। दोनों ने पहले पुनकला के फिर लीला के चरणों में शीश नवाया।

"बैठो गौरव, बहुत दिनों पर आए।" लीला ने मोढ़ा सरकाते हुए कहा।

"अम्मा, ये शोभना है, पहचान रही हैं? और ये इनके दूल्हा गौरव।"

"बिटिया बदल गई, सचमुच न पहचान पाई। खुश रहो।" पुनकला बोली।

"परीक्षा हो गई दीदी जी, तब आई हूँ।" शोभना चहकी।

"आप गौरव?"

"मैं एम.ए. फाइनल में हूँ।"

"मैथिली विषय है?"

"जी।"

"आप प्रतियोगी परीक्षाओं के लिए नहीं तैयारी कर रहे हैं?"

"नहीं दीदी, मैं शिक्षा के इलाके में बढ़ना चाहता हूँ। समय तो लगेगा।"

"कोई बात नहीं, धैर्य हो तो सब हो जाता है।"

"शोभना, तुमने आगे क्या सोचा है?"

"मैं बी.ए. में नाम लिखाऊँगी दीदी, इतिहास, अंग्रेजी और हिन्दी विषय रखना चाहती हूँ। आगे बी.एड. करके शिक्षिका बनने की तैयारी करनी है दीदी, आप गाइड करें।"

"तुम्हारे देवर और ननद हैं?"

"दो देवर हैं, ननद इनसे बड़ी है जो ब्याही हुई है। ससुराल में है।"

"देवर क्या पढ़ते हैं?"

"इस बार एक दसवीं की परीक्षा देगा। दूसरा आठवीं में है। दोनों बहुत ध्यान से पढ़ते हैं।"

"अच्छी बात है। शोभना जब शिक्षण के क्षेत्र में ही जाने का मन है तब अभी भी तुम प्राथमिक विद्यालय में पढ़ा सकती हो। परीक्षाएँ और डिग्री साथ में लेती रहना।" लीला ने कहा। शोभना चुप रही।

"दीदी, मैं चाहती हूँ कि पहले पढ़ाई पूरी कर लूँ।"

"पढ़ाई पूरी तो कर ही लोगी, लेकिन बैठे-बिठाए कुछ नए पढ़ने वालों को शिक्षित कर दोगी। क्या बुराई है इसमें? अनपढ़ शिक्षिकाएँ हैं, कम-से-कम तुम सही-सही पढ़ाओगी तो।"

"जी।"

"यह मैं इसलिए कह रही हूँ कि आम लोगों में शिक्षा के प्रति ललक है। आँगनबाड़ी, आशा वगैरह से दूर स्कूल की टीचर होना सैकड़ों बच्चों को तैयार करना है। अवसर आए तो छोड़िएगा नहीं।"

इनकी बातें पुनकला गौर से सुनती रही।

"पढ़े-लिखों के साथ रहने का फायदा है कि हम भी तुम लोगों की बात समझ लेते हैं। लीला बिटिया ठीक कहती है।" पुनकला ने कहा।

"दादी, आप नहीं होतीं तो लड़की इस गाँव में पढ़ने की सोच भी नहीं सकती थी।" शोभना ने सच याद दिलाया।

"सब कुछ उनके हाथ में है, मेरे मुँह से कहलवा दिया।" पुनकला ने उँगली ऊपर उठाकर कहा।

"गौरव जी, बहुत अधिक बोझ उठाकर चलना कई बार मंजिल से पहले थका देता है; आपका बोझ बाँटने को आंशिक रूप से शोभना तैयार है यह खुशी की बात है।" लीला थी।

"आप सब कहती हैं तो यही सही है। जब अगली बहाली आएगी तब मैं जरूर आवेदन दिलवा दूँगा। तब तक सहरसा के कॉलेज में नाम लिखा देना है दीदी। एक-एक साल का कोर्स होता है। आसान है।" गौरव ने कहा।

"विषय ऐसा लेना, जो स्कूल में खासकर चलता हो। तब बी.एड. में आगे चलकर प्रवेश में आसानी होगी।" लीला ने कहा।

अपने गाँव लौटते हुए ऊर्जा से भरा हुआ था गौरव। खेती-किसानी, मवेशी पालन और परिश्रम से गौरव का परिवार आगे बढ़ रहा था। जब पिता पंजाब जाते तब यह और इसकी माँ पशुओं तथा खेत की रखवाली करते। वहीं जो पंजाब जाकर रुपए तो भेजते, उनके घर में लोग कुछ न करते। खाते-पीते ऐश करते वे दिन-ब-दिन दाने-दाने को तरसने लगते। ऐसे ही लोग राजेश पासवान के लठैत हो गए थे।

रसूलपुर जहाँ राजेश की चिमनी थी वहाँ काफी खुला विस्तार था। बालू से कोसी ने भरकर ऊँचा कर दिया था और फिर चली गई थी। सालों से परती थी, जंगल हो चला था। ऐसा जान पड़ता था कभी जंगल टूटा ही नहीं। उसे साफ कर इन दिनों 'शिवेश्वरी पब्लिक स्कूल' का बोर्ड

लग गया है। ऐसा जान पड़ता है बिल्डिंग बनाने का उपाय हो रहा है। इलाके के लोग हैरत से देखते हैं। गौरव सहरसा से लौट रहा था। सामने से राजेश की गाड़ी ने रुककर रास्ता घेर लिया। गाड़ी से राजेश निकला।

"कैसे हो गौरव?" हाथ आगे बढ़ाया। गौरव सीट पर बैठा था। एक हाथ उसके बाइक के हैंडल पर था, दूसरा राजेश से मिला रहा था।

"मैं ठीक हूँ यार, तुम इधर?"

"सहरसा जा रहा हूँ। वहाँ पर घर बना लिया है। तुम्हें गृह प्रवेश का निमंत्रण भेजा तो था, आए नहीं।" राजेश ने शिकायत की।

"गाँव में था उस समय, आने की परिस्थिति नहीं थी।"

"याद आया, शोभना को परीक्षा दिलाने नौहट्टा जाते थे।"

"शायद।"

"मेरी शादी का कार्ड गया था? उसमें तो आना था।"

"कार्ड बड़ा शानदार था यार, चमाचम शिव-पार्वती की तस्वीर थी। मैया ने उसे पीड़ी पर रख दिया है, पूजा करती है।" गौरव ने हँसकर कहा।

"तुम आए क्यों नहीं?"

"तुम्हें याद होगा, एम.ए. की परीक्षा थी।" गौरव का स्वर सख्त था।

"सॉरी यार, अच्छा लगता तुम होते तो।"

"मुझे भी अच्छा लगता। अपनी बिरादरी में बड़े लोगों की शादी में होना सौभाग्य था।" कोमल सपाट शब्दों में कहा गौरव ने।

"यह सब छोड़ो। मेरी वाइफ डिम्पल पासवान को अपने इलाके की बड़ी चिन्ता है। उसने एक पब्लिक स्कूल खोलने की योजना बनाई है। पापा ने सात बीघा जमीन खरीद ली है वहीं जंगल वाली। सफाई कर काम शुरू है।"

"बहुत खुशी की बात है।"

"शोभना भौजाई की उसमें नौकरी पक्की। वो ही फाउंडर टीचर होगी।" सुनकर गौरव चौंका। पहली बार शोभना को भौजाई कह रहा है। दूसरी बात, नौकरी पक्की कर रहा है। इरादा क्या है?

"अरे, डिम्पल भाभी चाहेगी तो क्यों नहीं?" हँसकर हाथ मिलाया और बाइक को किक मारकर चल दिया गौरव। अपनी चालाकी और पैसे-पॉवर के जुनून के सफल सौदागर हैं ठीकेदार साहब, अब राजेश में भी वह गुण आता जा रहा है। पहले बात-बात पर उखड़ जाता था, गुस्सा तो नाक पर रहता था, घमंड से फूला-फूला फिरता था, अब काफी संयत हो चला है। घर आकर उसने शोभना से सब हाल कह सुनाया।

"वे लोग बड़े चालाक हैं, सब जैसे हैं वैसा ही कुटुम्ब ढूँढ़ा। वही चाहिए भी। यहाँ अखाड़ा बना रहे हैं। उसकी बीवी डिम्पल अपनी बाप की काली कमाई को जगह धरा रही है, इस बियाबान में पब्लिक स्कूल खोलकर। बालू से तेल निकालना इसी को कहते हैं।"

"तुम्हारा कहना सही है पर सोचना गलत। यहाँ स्कूल चलेगा।"

"टीचर कहाँ से आएगी?"

"एक तो ढूँढ़ लिया, तुम हो न?" हँसा गौरव।

"धत्त, हम क्यों? बेकार बात।"

"अरे काम, काम है। पढ़ाने की इच्छा तुम्हारी है ही।" शोभना को खींच लिया पास।

"पब्लिक स्कूल है, मुझे अंग्रेजी पढ़ाने नहीं आती, बोल भी नहीं सकती।"

"हिन्दी पढ़ाओगी, डाइरेक्टर साहब राजेश निहारेंगे।" शोभना के बाल गाल पर से हटाते हुए कहा गौरव ने।

"वो सब न कर पाएँगे।"

"क्यों?" उसके गाल से अपना गाल सटाते हुए कहा गौरव ने।

"डिम्पल जूतियों से खोपड़ी ठोंकेगी, खटाखट।" शोभना हँसने लगी।

दोनों प्यार में डूब गए। संघर्ष के चक्के में इनका प्यार पिस जाता। बहुत कम अवसर मिलता इस तरह डूब जाने का।

राजेश के सामने से फर्राटा मारता निकल गया गौरव। उसे गुस्सा तो बेहद आया। लेकिन उसने सीख लिया है काबू पाना। गुस्से को, उसकी आग को ताकत बनाकर दिखाना है। यह भिखमंगा जहाँ है वहीं पड़ा रहेगा साला। मन-ही-मन गाली देकर सन्तुष्ट हुआ। जीवन भर मास्टरी करेंगे दोनों, मैथिली में एम.ए. कर रहा है मूरख। कम्पिटीशन में बैठना चाहता है शायद। हुँह! और वो शोभना, उसे तो और कुछ न मिलेगा। प्राइमरी स्कूल में टीचरी करेगी। हमसे क्या मुकाबला है उसका।

इस वर्ष प्रान्तीय चुनाव है आम चुनाव। पापा कैंडिडेट होना चाहते हैं, पार्टी का कैंडिडेट इसी क्षेत्र से। यह क्षेत्र सुरक्षित नहीं है फिर भी खड़े होना चाहते हैं। यदि सारे दलित और अल्पसंख्यक एकजुट हो जाएँ तो पापा जीत सकते हैं। पार्टी के कैंडिडेट होंगे तब बहुत सारे लोग अगड़े भी इधर आ जाएँगे। ऐसे में गौरव जैसे चींटों को मसलना नहीं चाहिए। चुनाव बाद देखा जाएगा। पापा हर हालत में खड़े होंगे। पार्टी अपना निशान दे या न दे। अपने रसूख पर बहुत भरोसा है पापा को। पापा यदि जीत गए, एम.एल.ए. बन गए तब बड़ा मजा आएगा। समझौते के तहत मंत्री भी बन सकते हैं। अहा, तब गाँव में ही हेलीपैड बनेगा। पापा उतरेंगे। उन्हें माला से लाद दिया जाएगा। सुखद अहसास में आनन्द से भर उठा राजेश। उसकी कल्पना को मानो पंख लग गए।

यही सब सोचते-विचारते वह सहरसा अपने आवास पर पहुँचा। खूबसूरत सा दोमंजिला मकान, जिसे बँगला कहती डिम्पल, बन गया

था। उसे वह डेकोरेट कर रही थी। रंग-बिरंगे पेंट और लाइट से चमकता हुआ बँगला था। रंग-बिरंगे प्रकाशवृत्त के कारण दूर से ही चमकता हुआ मकान जनसामान्य का ध्यान तो खींचता था पर बहुत लोग मजाक भी उड़ाते कि नवधनाढ्य का भोंड़ा प्रदर्शन है। यह सब न तो राजेश को व्यापता, न डिम्पल को। न ठीकेदार को व्यापता, न उसके पिता को। हाँ, डिम्पल को रसूलपुर में स्कूल खोलने को लेकर जरूर हिचकिचाहट थी। उस विपन्न बियाबान में कौन अपने बच्चे पढ़ाएगा? लेकिन उसके पिता ने समझाया कि समधी जी के इलाके में नई साख बन जाएगी। चुनाव में इसका लाभ होगा। तब उसे शान्त होना पड़ा। बात सही थी।

स्कूल रेजिडेंशियल रहेगा। इलाके के पूर्वी इलाके से पश्चिमी इलाके तक अल्पसंख्यकों के सैकड़ों-हजारों जन गल्फ कंट्री में जाकर मजदूर से लेकर इंजीनियर तक लग गए हैं। पैसा है पर यहाँ स्कूल न रहने से दूर देना होता है। अब यदि पास में स्कूल हो तो उन्हें सुविधा होगी। अब चारों ओर सड़कों का जाल है। पुल हैं। आसपास के बच्चों के साथ सीमावर्ती देश के बच्चे भी पढ़ सकते हैं। यह पहला इस प्रकार का स्कूल होगा इस इलाके में। कैम्पस के अन्दर शिक्षकों का क्वार्टर रहेगा। तब अच्छे टीचर भी मिल जाएँगे। उन्हें उचित वेतन चाहिए जो ये लोग देंगे। कल्पना की यह उड़ान आकार ग्रहण कर रही है। अहाता बन गया है, इमारत बन रही है। इलाके में चर्चे शुरू हैं। एक बार सब बनकर खड़ा हो जाए तब परचे बँटेंगे।

बकुनिया का पासवान टोला समय के साथ होड़ ले रहा है। एक तरफ राजनीति के बहाने धरती-आकाश और बुद्धि श्रम गिरवी रखने की होड़ तो दूसरी ओर जमीनी विकास, छटपटाती प्रतिमा का उद्रेक, मातृभूमि और मातृभाषा प्रेम ठाठें मार रहा था।

बरदीपुर का इलाका रौशन हो गया था। देखादेखी आजू-बाजू वाले गाँव पुनर्जाग्रत हो रहे थे। अति स्वाभाविक था कि कोसी के विकराल काल और तटबन्ध के भीतर के अकूत जल जमाव के कारण माल-मवेशियों की सर्वाधिक क्षति हुई। अनेक रोगों से मरने लगे जानवर। गाय और बैल इक्के-दुक्के बचे, भैंसें भी कमोबेश थीं परन्तु बकरी और भेड़ों की बहुत हानि हुई। भेड़ें पालने वाले गड़रिये, कम्बल बुनने वाले बुनकर मजदूर बन गए। भेड़ें पूरी तरह तिरोहित हो गईं इलाके से। इस प्रकार एक लघु उद्योग नष्ट हो गया। जब से डेयरी फार्म शुरू हुआ, मशीनों के लिए प्रचुर दूध चाहिए, तब से लोगों ने फिर से भैंसें और अधिक दूध देने वाली गायें पालनी शुरू कीं। गुजराती भैंसें और गिर की गायों के अलावा ख्यात थीं पटना वाली गायें। वे गायें गाढ़ा प्रचुर दूध देने वाली थीं। कभी सैकड़ों साल पहले हरियाणा की गायों के साथ पटना का सम्मिलन हुआ। तब जो नई नस्ल पैदा हुई वही चल रही थी। उन्हें ढूँढ़कर पालने लगे लोग। यह खुशहाली दिखाई पड़ने लगी।

सब कुछ देखकर सुधीर हजारी सन्तुष्ट थे। विनोद हजारी भी आश्वस्त थे पर जाने क्यों सुधीर उदास रहने लगे थे। मन उचटा-सा लगता। नई खेप के बच्चों को कथारस में डुबा देने का चाव खत्म हो गया था। नए प्रकार के नाट्यरूपों को अब प्रशिक्षित युवकों के हाथों में दे निश्चिन्त थे। वे दिखते निर्विकार थे परन्तु भीतर से हिल गए थे। गाँव के उनके कई समवयस्क लोग नहीं रहे थे। ऐसे समय में एक दिन ठाकुरगाँव से मोहन सिंह जी आए इनसे मिलने। मोहन सिंह काफी हृष्ट-पुष्ट सुदर्शन इनसान थे। वे उत्साही और दुनियादार थे। पटना, दिल्ली आते-जाते रहते। राजनीति में आजू-बाजू से लगे रहते। अभी सुधीर उन्हें एकबारगी पहचान न सके। वे अत्यन्त दुर्बल हो गए थे। सुधीर ने पूछ ही लिया।

"आप बीमार लग रहे हैं।"

"बहुत दिनों पर देख रहे हैं भाई, बुढ़ापे के कारण लग रहा हूँ बीमार।"

"नहीं-नहीं, कुछ तो हुआ है।"

"यार, अधिक मीठा हो गया हूँ।" कहकर अपना चिर-परिचित ठहाका लगाया।

"ओह, तो जनाब डायबिटिक हो गए हैं।"

"हाँ यार, तभी सोचा कि राम-सलाम कर आऊँ, जाने कब बुलावा आ जाए।"

"ऐसा क्यों भैया, दवाएँ लेते होंगे, वजन सायास घटाया है।" हँसे सुधीर।

"मैंने जो सुना और कल्पना कर रहा था उससे कई गुना शानदार लग रहा है सब कुछ। यह तो पूरा टाउनशिप-सा बस गया है। कोई कहेगा कि यह वही भरना है, मलेरिया, कालाजार पीड़ित! पानी में डूबा हुआ नोमैन्स लैंड?"

"हम नतमस्तक हैं सुधीर भाई, उनके श्रम और सूझबूझ के सामने; ऐसा केन्द्र कई जगह खुल सकता है।" मोहन सिंह उत्साह में थे।

"मोहन भाई, आपकी तरफ भी तो नई पीढ़ी कुछ कर रही है न?"

"कर रही है सुधीर, पर अकेले दम पर। कुछ लड़के खेती करने आए हैं अच्छी नौकरी-चाकरी छोड़कर। वे सभी खेतों वाले, अच्छे रकबे वाले थे। मेन्था की खेती की, मनी क्रॉप है। खेती कर ली उसकी कहाँ खपत होगी, कैसे होगी बिना जाने-समझे करने लगे। पैसे भी डूबे; फसल का लाभ नहीं मिला। जाहिर है कि घर से लताड़ मिली सो फिर कुछ न हुआ।"

"अनुभवहीनता है ये। सचमुच पहले अगला चरण समझ लेना चाहिए। सब्जी जैसी चीजें जो जरूरी खाद्य हैं वे भी खपत से ज्यादा हो जाएँ तो भाव गिर जाते हैं।" सुधीर थे।

"कुछ लोग मछली पालन कर रहे हैं। सुना है उसमें नुकसान नहीं हुआ है।"

"धीरे-धीरे बढ़ेंगे।"

"असल में यहाँ स्किल्ड युवक संगठित ढंग से काम कर रहे हैं। किसी को अधिक जमीन का घमंड नहीं है, सभी एकजुट हैं। ऐसे ही रहें। बहुत खुशी हो रही है। जितना सुना था उससे अधिक पाया मैंने यहाँ।"

"आप अपने घर का हाल बताएँ भाई।" सुधीर ने पूछा।

"मेरी तीन बेटियाँ थीं न, तो तीनों अपनी-अपनी जगह सुखी हैं। सिर्फ छोटी बेटी ने पढ़ाई-लिखाई की थी, वह हाईस्कूल में प्रिंसिपल है। नाती-नातिनें हैं। नाती, बड़ी बेटी के दो पुत्र अमेरिका में हैं। वे मुझे बुलाते हैं, पर मेरा मन नहीं करता।"

"और मझली बेटी? वह तो पढ़ने में बहुत तेज थी भाई जी, मुझे याद है।"

"बड़े डॉक्टर उसके पति हैं। अपना नर्सिंग होम है, वही देखती है। उसकी बेटी इंजीनियर है, दामाद भी इंजीनियर हैं। बड़ी किसी मल्टीनेशनल में हैं। मुझे नहीं पता उनके मन में कुछ अलग करने की ललक है या नहीं।"

"चलिए सुखी तो हैं न!"

"हाँ सो तो हैं।

"आप ऐसे ही कभी-कभी आ जाया करें। मैं उस गाँव में नहीं जा सकता यह तो पता ही है आपको।"

"आपने एक साथ कई युग पार कर लिए सुधीर, कहाँ ठिठके खड़े हैं, मैं आपको निमंत्रित करने आया हूँ। शिविर लगा रहा हूँ एक।"

"मैं न आ पाऊँगा।" नजरें नीची कर ली सुधीर ने।

"क्यों? मेरे यहाँ आएँगे। आपको हम सब ऋषि का दर्जा देते हैं।"

"मैं एक अकिंचन अधम प्राणी हूँ भाई जी, जो अपने मन के अँधेरे से जूझ रहा है, राह नहीं सूझती उसे; भटका हुआ प्राणी हूँ।"

"क्या आप अब भी अपने मन को पुनकला के प्रेम की गिरफ्त में पाते हैं?"

"हूँ न!"

"यह क्यों और कैसे?"

"अपनी कैफियत कैसे बयान करूँ?"

"आप ठहरे हुए हैं सुधीर, दुनिया नहीं ठहरी हुई है। यह आपने चुना है। आप जिसके लिए आहें भरते हैं वह सब कुछ भूल चुकी होगी। उसका बृहत् घर-संसार है। उसमें वह पूरी तरह लिप्त है। आत्मप्रताड़ना उचित नहीं। आप एक सफल सोशल इंजीनियर हैं। लोग इसी रूप में आपको याद करेंगे।"

"नहीं पता, लोग याद करेंगे कि नहीं। कृष्ण का प्रेमी रूप भक्तों और कवियों के लिए है वरना उनका सोशल इंजीनियरिंग वाला रूप सबके ऊपर भारी है। परन्तु क्या वे अनन्य क्षुधित प्रेमी नहीं थे?"

"आपने अपने समय को कई रूपों में जिया है। सदा आगे और जरूरी यात्रा पर रहे। यह सारा चाक-चिक्य आपकी मानसिक यात्रा से सम्भव हुआ है। आप ठिठके नहीं रह सकते। न आप आगे और आगे बढ़कर कुछ प्रश्नाकुल लोगों से नजरें चुरा सकते हैं। चलना होगा ठाकुरगाँव।"

"अवतारी पुरुष जब मिथिला और वृंदावन न लौट सके तो मैं कैसे जाऊँ? तमाम नदियाँ राह रोककर खड़ी हैं मोहन भाई जी।"

"वहाँ पुनकला न होगी कि आप विचलित होंगे।"

"उनका अहसास तो होगा। जिनके नाम से रोमांच हो आता है उस जगह जाकर स्वाभाविक नहीं रह पाऊँगा। मुझे बख्श दें।"

"बख्श दिया, यह एकतरफा अनुभूति है।"

"ऐसा नहीं है। पीड़ा इतनी गहरी है कि वह सिर्फ मेरी नहीं हो सकती, उनके मन में मेरी कील धँसी है।"

सुधीर के ऐसा कहने पर मोहन सिंह चुप होकर उसकी ओर देखने लगा। बोलने से अधिक वह वाचाल था, उसकी भंगिमा चंचल थी। यह और इसकी अनुभूति अजूबा तो है, हो सकता है सच हो। इसी की तरह पुनकला भी इन्हें भूल न पाई हो। एक ही परिस्थिति होने पर भी जरूरी नहीं कि उसकी प्रतिक्रिया भी एक ही हो। चाहे जो हो, इन्हें अपने स्नेह और मित्रता का हवाला देकर जबरन ले जाना अनुचित होगा।

"हम चलते हैं, सुधीर बाबू, स्वास्थ्य ठीक रहा तो आता-जाता रहूँगा।"

"हम फोन से सम्पर्क में रहें।"

"यह होगा, अब इतना समय न लगेगा।"

"कुछ नया करें तो हमें सूचना जरूर दें।" कहकर चले गए मोहन सिंह।

परिसर में टहलते हुए सोच रहा था सुधीर कि मोहन जी को न कह दिया, अच्छा नहीं किया। पर क्या करता यह, मन स्थिर नहीं कर पा रहा है। ठाकुरगाँव का नाम तक मुँह से लेते नहीं बनता, जाकर कैसा लगेगा। इसका समय ठहरा हुआ है तब से जब यह बीस साल का था मात्र। और वह समय कच्ची धूप-सा कोमल भविष्णु। न जाने कैसे वह रेत की तरह हाथ से फिसल गया। ऐसा क्यों हुआ? कभी-कभी विचारता है कि कॉलेज में पढ़ने दरभंगा न जाकर सहरसा ही रहता तो ठीक था। दरभंगा का माहौल ठीक नहीं था। परन्तु वहाँ से हजारों डॉक्टर, इंजीनियर, टीचर और विद्वान निकले। चन्द जो विपथगा निकले उसी में इसे, एक दलित व्यक्ति को क्यों फँस जाना था? इसलिए कि वर्ग भेद, वर्ण भेद की बात समझाने वाले सफाई से आकर्षित कर लेते। अपने बरन में बहुत भेद समझ में न आता था दरभंगा में, कॉलेज में, समाज में समझ में आ रहा था। पढ़ने वाले युवक अपने इलाके में बहुत कम थे, उसमें भी हजारी शायद पहले थे, खूब इज्जत

होती, दरभंगा में ऐसा नहीं था, हीन-भाव को जन्म देने के लिए काफी था। उसी प्रतिक्रिया में उधर बहक गया। जीवन की इस सांध्य वेला में यही सब घुमड़ता रहता। जब सुना था कि सरदार माइंजन छीतन नहीं रहे थे तब मन में एकबारगी विचार आया कि जाकर उसे सांत्वना दे। क्या कहेगा कि वो कौन है? कहीं कोई ठाकुरगाँव का वहाँ मिल गया तब? सांत्वना देने के बदले एक सूखे घाव कुरेद आएगा। अपने आपको पश्चात्ताप की अग्नि में झोंककर फुँकता रहा। यह एकाकी था पर मन से नहीं।

"दादाजी, आज हम यहीं आपके चरणों में एक पार्टी करना चाहते हैं?" संजय सिंह डेयरी फार्म के एक इंजीनियर ने सुधीर हजारी को आकर कहा।

"अच्छा! यहाँ पार्टी करेंगे? किस खुशी में?"

"खुशी बहुत बड़ी है पर पार्टी छोटी है।"

"क्या है?"

"अपने गुड्डू पाठक ने शादी की है। वह सबसे पहले आपसे यहाँ आकर आशीर्वाद लेगा।"

"वाह! यह तो खुशी की बात है। जरा सजा दो पूरे परिसर को।" सुधीर ने आनन्दित होकर उत्साह से कहा।

"वह सब हो जाएगा। बस पूरा आपका और हम डेयरी वालों का परिवार रहेगा। कन्या और वर के माता-पिता होंगे। तीस-पैंतीस लोग।"

"अरे, तो पूरे फार्म वालों को नहीं बुलाया?"

"दादाजी, बड़ा समारोह हमारे परिसर में कल है। वे आपसे मिलना चाहते थे। हमने सोचा यहाँ खाना-पीना भी हो जाए।"

"नेक विचार लेकिन खर्च के लिए रुपए विनोद से ले लेना। अपने अतिथियों को मैं ही डिनर दूँगा।"

"बिलकुल दादाजी, करूँगा।"

फूल-पत्तियों से आच्छादित परिसर को क्या सजाना? भाँति-भाँति के वृक्षों के खिलने का समय था। दूल्हा बना अमलतास अपने पीले मौर से सजा हुआ है, छोटे-छोटे कृष्णचूड़, दुल्हन बनी है, लाल फूलों से भरी। लाल जोड़े हरी किनारी में भव्य। शिरीष झूम-झूमकर बैजनी फाहे-सा पंखुड़ी गिराता मानो अगवानी कर रहा है। बेला और मधुमालती आधी रात से शुरू होकर दिन भर सुगन्ध लुटाते हैं। सफाई और कागज के तोरण के अलावा किसी बात की जरूरत न थी। कुर्सियाँ काफी थीं। दो बड़े टेबुल भी थे। रसोइयों ने आकर बढ़िया खाना बना दिया था। सोलर प्रकाश से सचमुच दिन का उजाला हो गया। अगवानी के लिए विनोद सपरिवार थे। दूल्हा-दुल्हन तथा दोनों के माता-पिता आए। उनकी अभ्यर्थना की। दुल्हन को सुधीर ने पैर न छूने दिया।

"बिटिया, यह रिवाज मैंने नहीं रखा है। बैठो।" सभी लोग बैठ गए।

"मैं डॉ. विनीत पाठक और ये डॉ. रंजना पाठक गुड्डू के माता-पिता, प्रणाम करता हूँ। आपके दर्शन के सौभाग्य से आह्लादित हूँ।"

"मैं डॉ. किंशुक पासवान और मेरी पत्नी डॉ. मोती पासवान अंकिता के माता-पिता। आपके यहाँ आकर धन्य हुआ।" एकबारगी सुधीर को धक्का लगा पर जाहिर न होने दिया।

"डॉ. किंशुक, आप सीमा कुमारी और अजय बाबू के...।" पूछा सुधीर ने।

"जी, मैं वही हूँ। आपने सही पहचाना।"

हँसी-खुशी के वातावरण में पूरा समारोह हुआ। पार्टी के बीच में ही पता चला कि अंकिता इन लड़कों की सहपाठी थी।

"अबे मूरख, इतनी प्यारी लड़की पर तूने क्यों न डोरे डाले?" सुधीर ने जीतू के कान उमेठे।

"बहुतों ने कोशिश की दादाजी, ये लड़की नहीं पटी। चाइल्डहुड लव-शव है। एक ही परिसर में थे। बचपन से साथ पढ़ रहे थे।" जीतू ने कहा। सारे लोग परिसर छोड़कर गए। मच्छरदानी में करवट बदलते हुए सुधीर जिस वाकिये को नहीं भूल पाया था अब तक, वह धारावाहिक की तरह याद हो आया।

सन् 1977 में जनता पार्टी चुनाव जीत गई थी। राजघाट पर नवनिर्वाचित एम.पी. लोगों का जुटान था जयप्रकाश नारायण जी के साथ। सारे कार्यकर्ता गए थे, पूरे भारत से। सुधीर भी गए थे। राजघाट का मजमा सुधीर के लिए उत्साहवर्धक नहीं था। दिल्ली से खिन्न मन से लौट रहे थे। फर्स्ट क्लास के चार बर्थ वाले कूपे में एक बर्थ ऊपर वाली इनकी थी। शेष तीन में तीन हारे हुए एम.पी. थे। जाहिर है दो कांग्रेस के, एक कांग्रेस के समर्थक साम्यवादी दल का। टी.टी. के आने पर पता चला कि वे सीमा कुमारी, चन्द्रमोहन तिवारी और साम्यवादी लक्ष्मण पाठक हैं। प्रायः पटना तक का सफर चुप्पी में कटा। प्लेटफार्म पर सीमा कुमारी के पति और नन्हा बालक किंशुक आया था उन्हें ले जाने। तिवारी जी ने दोनों साथियों को प्रणाम किया और निकल गए। पाठक जी भी स्वयं स्टेशन में झोला और अटैची लिये चल दिए। यह जाना और विदा होना स्वाभाविक लग सकता था क्योंकि तीस साल से सत्ता पर काबिज पार्टी के हारे हुए नेता अप्रतिभ थे, अजेय कहे जाने वाले साम्यवादी नेता उदास थे। उन्हें साथ देने का खमियाजा भुगतना पड़ रहा था।

पटना से जिस ट्रेन में सुधीर दरभंगा आने के लिए बैठे उसी में पाठक जी भी थे। चुपचाप कोई किताब पढ़ रहे थे। पूरी यात्रा उन्होंने पढ़ते और चाय पीते गुजारी। उनके कर्मपके चेहरे की ओर देखता सुधीर चादर तानकर सो गया। बरौनी, समस्तीपुर होते ट्रेन दरभंगा पहुँचती, गनीमत थी कि राजेन्द्र पुल तैयार हो चुका था। लम्बा ही सही, एक सीधा रास्ता

बन गया था जो उसी दिन पहुँचा देता। न तो स्टीमर में शाम को चढ़ते, पहलेजा जाकर ट्रेन पकड़ते जो दूसरे दिन सुबह तक ढिंग-चक चाल में पहुँच जाती। दरभंगा जंक्शन पर भी नेताजी ने खुद रिक्शा लिया और चल दिए। वहाँ से सुधीर बस पकड़कर अपने गन्तव्य तक पहुँचा था। नेताजी लक्ष्मण पाठक अभी भी उतने ही स्वाभाविक हैं जितने पिछले सत्ताईस साल से थे। राह चलते लोगों का अभिवादन सहज भाव से स्वीकार करते रिक्शे पर चले जा रहे थे। सुधीर को इनका मधुर स्वभाव और लोकप्रिय व्यक्तित्व पसन्द था। इनकी क्रान्ति की, इनके छल की और इनके प्रेम की कथा सर्वत्र पसरी हुई थी।

यह किस्सा आम था उन दिनों कि पाठक जी उग्र साम्यवादी थे, क्रान्ति करने के लिए हथियार के बल पर खजानों पर डाका डालना काम था। ये जल्दी हाथ नहीं आ रहे थे। परन्तु पैरों में छर्रा लगने और खून की धार के जगह-जगह निशान होने की वजह से पकड़े गए थे। इन्हें अलग से अस्पताल के कमरों में इलाज करने को रखा गया। घायल अवस्था में भी हथकड़ी-बेड़ी से जकड़कर रखे गए। इनके लिए डॉक्टर जब आते तो साथ में वर्दी में पुलिस होती। कमरे के बाहर ग्रिल वाला बरामदा था जो ताले में बन्द रहता। बाहर ड्यूटी पर सशस्त्र पुलिस चौबीस घंटे रहती।

सीमा कुमारी ने ग्यारहवीं की परीक्षा पास कर नर्स की ट्रेनिंग ले रखी थी। उन दिनों काफी नई-नई देसी नर्सेज ट्रेनिंग लेकर बहाल हुई थीं। सीमा एक हरिजन गांधीवादी की बेटी थी। गांधी जी के प्रभाव से इनका परिवार शिक्षित हुआ जो उन दिनों सम्भव न था। सीमा कुमारी ने सार्थक शिक्षा ली और सेवा कार्य में गहरी रुचि के कारण जुट गई। अक्सर नर्सें दक्षिणी थीं जिन्हें ठीक से हिन्दी भाषा बोलना नहीं आता था। सीमा जब लक्ष्मण पाठक को दवा देने आती और अपनी भाषा में बातें करती तब उन्हें अच्छा लगता। सीमा सुगठित युवती थी, आयु अठारह से बीस के

बीच होगी। लक्ष्मण पाठक भी नवयुवक थे, मुश्किल से बाईस-तेईस के। अपनी आगामी योजना के तहत उन्होंने सीमा कुमारी से पहले दोस्ती फिर प्रेम का हाथ बढ़ाया। कोरी, भोली और युवती सीमा ने उनके प्रेम को स्वीकार कर लिया। राजनीतिक कैदी होने के कारण पाठक जी का पूरा नखरा उठाया जा रहा था। उन्होंने सुपरिंटेंडेंट से आग्रह किया कि अपनी भाषा बोलने वाली सीमा कुमारी को मुख्य नर्स की ड्यूटी दी जाए। वरना माँगता हूँ नमक तो वे चीनी दे देती हैं।

"अच्छा!" सुपरिंटेंडेंट को हँसी आई।

"मैं सच कहता हूँ डॉक्टर।" इन्होंने कहा।

"आपकी भाषा समझने वाली कुछ ही स्त्रियाँ हैं। एक मेट्रन विमला हैं जो मेटरनिटी लीव में चली गई हैं।" सुपरिंटेंडेंट ने स्पष्ट किया।

"ओह हाँ, वो दीदी मुझे बहुत स्नेह करती है।"

"वो हैं ही स्नेहिल।"

"उन्होंने मेरी बेड़ी खोल, अपने हाथों से खाने का मौका दिया।"

"वो कर सकती हैं। नियम-कायदा बनाना उनका काम है।"

"ओह, तो अब कोई नहीं है मेरी तरह बोलने वाली?" मुँह बनाया उन्होंने।

"एक है नई लड़की। अभी-अभी ट्रेनिंग खत्म हुई है उसकी।" उनके बोलते न बोलते सीमा कुमारी आ गई। शान्ति से दवा लेकर पाठक को खिला दी और किनारे हटकर खड़ी हो गई।

"यह काम मन लगाकर ठीक करती है?" लक्ष्मण पाठक ने कहा।

"इसी के बारे में कह रहा था, थोड़ी डल है पर...।"

"यह ठीक है डॉक्टर, कम-से-कम बात तो समझती है।"

"चलिए इसे ही पूरी ड्यूटी भर रहने देता हूँ।"

"बड़ी मेहरबानी।" पाठक के मन की मुराद पूरी हुई।

"सुनो सीमा, तुम ड्यूटी रूम में आकर अगला आदेश ले लो।" सुपरिंटेंडेंट ने कहा और चले गए। लक्ष्मण पाठक की योजना का पहला चरण था यह। सीमा ड्यूटी पर लग गई। कुछ दिनों तक सीमा के साथ पाठक औपचारिक रहे। लेकिन राजनीतिक एजेंडा जिसका रहता है वह अलग ही योजना बनाता है। लक्ष्मण पाठक का घोर राजनीतिक प्लान था। दो-चार दिनों बाद जब सुपरिंटेंडेंट आए और पूछा हाल।

"अब आप खुश हैं न पाठक जी?"

"जी हाँ, खुश होने के अलावा चारा क्या है?"

"क्यों, क्या हुआ? हम यहाँ जितनी सुविधा दे सकते हैं वह देते हैं।"

"मुझे पता है डॉक्टर, आपको भी पुलिस का डर है। पर आप इतना तो कर ही सकते हैं कि मेरे हाथों को हथकड़ी से तब आजाद करें जब मैं खाता रहूँ। फिर जकड़ दें। बाहर ग्रिल लगा है, पुलिस खड़ी है, ताला लगाकर चाहें तो इस कमरे को बन्द रखें। खुले हाथों खाना खाए बहुत दिन हो गए।"

डॉक्टर द्रवित हुए। कहा सीमा कुमारी नर्स से।

"खाने के वक्त एक हाथ की हथकड़ी खोल दिया करो।"

"जी सर।" कहा सीमा ने। डॉक्टर चले गए।

"सीमा जी, आप यहीं शहर की हैं?"

"जी सर, यहीं की।"

"आप यहाँ की हैं और नर्स बनीं, कुँआरी हैं। हैरत हो रही है।"

"हम लोग गांधी के अनुयायी हैं सर।"

"अच्छा तो आपके पिताजी गांधी आश्रम वाले हैं। कहाँ रहते हैं?"

"यहीं कटहलबाड़ी में।"

"क्या नाम है?"

"उगन पासवान।"

"अच्छा, यह तो और बड़ी बात! पासवान होकर आपने मैट्रिक पास किया। वाह!

यह समाज बहुत अन्यायी है। धर्म-जात, ऊँच-नीच की बात करता है। गांधी जी का यह काम बहुत अच्छा है।"

"जी, बहुत सी हरिजन लड़कियाँ पढ़ रही हैं।"

"वाह, लेकिन पढ़ने से क्या होगा? आपके समाज में गैरबराबरी तो रह जाएगी। पढ़े-लिखे हरिजन से भी छुआछूत मानते हैं लोग।"

"हाँ, यह तो है।"

"हम नहीं मानते। हम इसीलिए तो साम्यवादी हैं।" रोज यह सब सिखा रहे थे लक्ष्मण पाठक।

"जी।"

"आपके बाल बहुत सुन्दर हैं सीमा।" डोरे डालना भी शुरू हो गए। एक दिन इन लच्छेदार बातचीत के जाल में मैना फँस ही गई। बात शादी-ब्याह तक बढ़ गई।

पाठक ने कहा, "पता नहीं कब छूटूँ और तुमसे ब्याह रचाऊँ।"

जाल फेंक रहा था और एक दिन बाथरूम के वेंटिलेटर से पंछी उड़ गया। नल खुला छोड़ दिया, पानी की आवाज से सीमा को लगता रहा कि अन्दर ही है लक्ष्मण पाठक। पुलिस भी फेल हो गई। जब पता चला तब तक देर हो चुकी थी। घोड़े की टाप का निशान था, वह दूर निकल गया होगा। सीमा कुमारी निलम्बित कर दी गई। घर में सिर गाड़कर रोने के सिवा कोई चारा भी तो नहीं था। सीमा भीतर से आहत थी; उसने इससे जो छल किया यह किसी से बता भी नहीं सकती। तभी एक दिन आँगन में बैठी बिसूर रही थी। अकेली थी। एक ढेला इसके सामने गिरा जो कागज में लिपटा था। वह पत्र था, पाठक का।

सीमा,

मैंने अपनी गोपनीय योजना तुम्हें न बताई, क्षमा करना। तुमको नौकरी से निकाल दिया गया है। तुम्हारी साख पर भी बट्टा लगा है। पर तुम चिन्ता न करना। जल्दी ही देश से अंग्रेज मुँह में अपनी पूँछ दबाकर भागेंगे। अपना राज-पाट होगा। उसके बाद मैं तुमसे विवाह करूँगा। मैं ऊँच-नीच के भेदभाव को समाप्त करने वाली पार्टी में हूँ। अवसर आने दो, हम एक होंगे। कल एक लड़के के हाथों तुम्हें एक लिफाफा भेजूँगा, घर के खर्चे के लिए। हर महीने खर्चा मिल जाया करेगा। तुम मेरी अमानत हो, मन शान्त रखना।

—तुम्हारा अपना

सीमा गद्गद थी। हर्षातिरेक से रोने लगी। उसने पत्र सँभालकर सींक की बनी हुई पौती में रख दिया। सीमा अब खुश रहने लगी। घर में बैठी चरखे से अधिक से अधिक महीन सूत कातने लगी। मन-ही-मन लड्डू फूट रहे थे।

देश आजाद हुआ। जश्न का माहौल खत्म हुआ। सीमा कुमारी प्रतीक्षारत थी कि पाठक आएँगे। उनका पत्र आएगा। उनका लिफाफा साल भर आया फिर बन्द हो गया था। इन्होंने समझा उनकी मजबूरी होगी। पहला आम चुनाव आया, सीमा कुमारी पुनः अपने काम पर बुला ली गई। निलम्बन वापस हो गया था। वह सेवा कार्य में व्यस्त थी। मन में कसक थी कि यह तीसरा साल बीत रहा है, लक्ष्मण पाठक कहाँ चले गए? अखबारों से उनके सकुशल और सक्रिय होने की सूचना मिलती रहती। एक दिन विमला जी मेट्रन ने अपने बेटे के जन्मदिन की खुशी में जितनी ड्यूटी पर नर्सेज थीं और इन्टर्न थीं उन्हें अपने कमरे में पार्टी दी। वहीं इसकी मंजुला पाठक से भेंट हुई जो अत्यन्त नाटकीय थी।

"सुनो मंजुला, यही है सीमा जिसने तुम्हारे पति पाठक जी की

भागने में मदद की थी, बेचारी तीन वर्ष निलम्बित रही।" मंजुला नाम की साँवली-सलोनी सी लड़की एप्रन पहने गले में आला लटकाए आगे बढ़ी तथा आकर लिपट गई।

"मुझे पता है। मैं उस समय सेकेंड इयर में यहीं तो थी। क्या पता था कि उसी जाँबाज सच्चे युवक से मेरी शादी का सौभाग्य घटित होगा। थैंक्यू सिस्टर!"

सीमा कुमारी की दशा कौन समझ सकता था? क्या हुआ इसके साथ, किस पीड़ा से यह गुजर रही थी और अब उसे कैसा अनुभव हो रहा है किससे कहेगी?

आम चुनाव में जीतकर लक्ष्मण पाठक सांसद रूप में लोकसभा पहुँच गए। फिर नर्सेज स्टाफ रूम में पार्टी हुई। सीमा कुमारी अब समझ गई कि वह हरिजन है। बातचीत में समानता की चर्चा करना और बात है, शादी कर लेना दीगर बात होती। यह भी भान हुआ कि वह सब तो अपने स्वार्थ सिद्धि की पैतरेबाजी थी। इसे सच कैसे समझ लिया था। सीमा कुमारी पर अब माता-पिता शादी के लिए जोर डालने लगे थे। वह अनमनी-सी थी। ऐसे समय विधान सभा के सुरक्षित क्षेत्र से सीमा को खड़ा होने का अवसर मिला। सीमा ने उसे लपक लिया। साथ देने वाले अपनी जाति के व्यक्ति धनेश पासवान से विवाह भी कर लिया। धीरे-धीरे सीमा राजनीति की सीढ़ियाँ चढ़ती गई। सांसद बनी, मंत्री हुई। कई बार आमना-सामना हुआ लक्ष्मण पाठक से। परन्तु कभी कोई संवाद नहीं हुआ।

आज अति स्वाभाविक तरीके से विनीत पाठक के पुत्र की शादी किंशुक पासवान की पुत्री से हुई है। दोनों परिवार प्रसन्न हैं। जहाँ अब भी गोत्र मूल पर बहसें होती हैं, जहाँ अब भी सरदार माइंजन का फतवा चलता है वहाँ ऐसी शादी सम्भव की इन्होंने। यह सब शिक्षा का प्रभाव है। ये चार डॉक्टर्स देश-विदेश घूमकर आए हैं। इनके बच्चे प्रेम विवाह

कर रहे हैं, क्यों एतराज करें? जहाँ दुनिया से प्रेम उठता जा रहा है, जहाँ पैमाने बदल गए हैं वहाँ एक लड़का और लड़की प्रेम कर रहे हैं, उसे रोकना जघन्य पाप नहीं तो और क्या है? विदेश से गोरी मेम को स्वीकार करेंगे पर अपने यहाँ की लड़की और लड़के को सिर्फ इसलिए नहीं बर्दाश्त करेंगे कि जाति अलग है।

"जय हो माता सरस्वती! आपकी कृपा रहे तो सब शुभ होगा!" आनन्द से भर उठा सुधीर हजारी। आहिस्ता-आहिस्ता नींद के आगोश में चला गया वह।

मोहन सिंह जब से बरदीपुर से आए हैं लगातार सोच रहे हैं कि क्यों न हम भी अपने नवयुवकों को प्रेरित करें कि कोई संगठित बड़ा काम करें। एक बैठक जो करना चाहते थे और सुधीर हजारी को बुला रहे थे उसमें उनकी यही मंशा थी। इन्हें तमाम योजनाओं की जानकारी है। यहाँ पढ़े-लिखे लोगों की कमी नहीं। दिक्कत यही है कि सारे पढ़े-लिखे लोग गाँव छोड़कर शहर भाग जाते हैं। मजदूर और किसान के सवांग घर पर रहकर उनकी भी खेती करते हैं। खेत सारे पट्टे पर हैं। एक-दो युवकों ने मछली पालन का व्यवसाय शुरू किया है। उसमें भी बहुत से लोगों को रोजगार मिलने की सम्भावना है। यही मिलकर नहीं, अलग-अलग कर रहे हैं। मोहन जी ने अनुभव किया है कि शायद उनके गाँव तथा आसपास में विचारों में एकता नहीं हो सकती तभी इन्हें गुंजन चाचा की बात याद आती है। वे कहते हैं—

"कौन कहता है कि एका नहीं होगा, एक मन्दिर बनाने की घोषणा करके देखो। चारों तरफ से दान-अनुदान आने लगेंगे।"—हुँह मन्दिर! मोहन सिंह के बाप का क्या जाता है, इनका गाँव बरदीपुर जैसा हो न हो। इनकी कामना है कि यदि विकास हो तो वैसा। आप यदि अपनी ओर से कुछ करने लगें, उसका फल निकलने लगे तब सरकार का ध्यान भी आकर्षित

होता है वरना कमीशनखोरी चलती रहती है। अभी के समय में मन्दिर!

"क्या गुंजन चाचा, आप भी हद करते हैं। मन्दिर सारे बन्द हैं, मालूम है आपको? कुशेश्वर स्थान से लेकर पटना, मुजफ्फरपुर सब जगह पर, आप चले हैं मन्दिर बनाने।"

"जो देखते हैं सो कहते हैं। बन्द है सो खुलेगा।"

"अभी अस्पताल और स्कूल की जरूरत है।"

"वह भी खोल लो।"

"हम लघु उद्योग की बात कर रहे हैं चाचा, जो प्रोडक्टिव हो।"

"मेन्था का प्लांट क्यों नहीं लगाता है?"

"एक बार मेन्था उपजाकर फेंका था न?"

"प्लांट लगा लेगा तब फेंकेगा नहीं।"

"हमारे-आपके गपशप से कुछ नहीं होगा। इन्हें, जो नवयुवक हैं उन्हें ही सोचना और करना है।"

"बाबू साहब के गाँव में कभी सहमेल नहीं होगा, विचार करना बन्द कर दो।"

मोहन सिंह निर्विकार भाव से उन्हें देखते चुप रहे। उन्होंने शायद समझ लिया कि चाचा ठीक कहते हैं। ये कोई नए पढ़े-लिखे लोग नहीं हैं, न नए शहर और सचिवालय के चक्कर काटने वाले लोग हैं। बल्कि ये तो इसी सब में लगे रहते हैं। शायद इनका युग समाप्त हुआ। अब इनके अन्नदाता वे ही हैं जिनसे हाथ फैलाकर पट्टा का रुपया लेते हैं, खाने योग्य अनाज लेते हैं और चल देते हैं। इन्हें नहीं पता कि यह अन्त की शुरुआत है। अब अधिक दिन इनके ये खेत, ये चक नहीं रहेंगे। शायद ये यही चाहते हैं। बरदीपुर के हजारी युवकों के प्रति इनका आदर अधिकाधिक बढ़ गया, मन-ही-मन आशीर्वाद देने लगे उन्हें मोहन सिंह।

इन दिनों लीला का मन उचटा-उचटा रहता। अपने पति से उसे मात्र सहानुभूति थी शुरू-शुरू में। कर्तव्य समझकर उसकी सेवा करती। उसकी गों-गों करती तुतली जुबान सुन दया आती। वह स्वयं स्वल्प साधन और प्यार में बढ़ी सो प्यार का मोल और भरपेट भोजन का मोल समझती थी यह घर सम्पन्न था जहाँ शादी कर लाई गई थी। अपनी पूरी शक्ति से घर भर के लोगों को खुश रखने की कोशिश करती। परिवार की स्त्रियाँ इसे जरा भी तवज्जो नहीं देतीं। वे उपेक्षा भाव से इसे देखतीं। व्यंग्य से तिर्यक मुस्कुरातीं। इस सबका अर्थ उसे तब पता चला जब पुरुष उसके कमरे में धड़ल्ले से घुसने लगे। उस अक्षम व्यक्ति के रोने-चिल्लाने का कोई असर नहीं होता। उलटे उसे एक-दो थप्पड़ मारकर चुप कर देते। जबरदस्ती सहती लीला इस फिराक में रहती कि कब इनके चंगुल से भाग जाए। फिर सोचती भागकर कहाँ जाएगी? कोई ठौर तो नहीं है। न कहीं कोई अपना है। मर जाने की बात मन में कभी नहीं आती। तब जाने क्यों अपने लिए रोते उस पति नामक प्राणी के लिए प्यार उमड़ पड़ा। उसे पता नहीं कि वह शादी-ब्याह का मतलब समझता है कि नहीं, वह बलात्कार का मानी समझता है कि नहीं। पर उस पर उनका अत्याचार सहन होता नहीं सो रोता रहता। दो दुखी प्राणी संवेदना के स्तर पर जुड़ गए थे। लीला सोचती है कि उसे क्यों मार डाला होगा? सिर्फ इससे बदला लेने के लिए या अपने बचाव के लिए? उस व्यक्ति की अहमियत इतनी कम थी जितनी एक मच्छर की। ऐसे दरिन्दों के सामने कितना विवश है आदमी। सोचती और रोती।

"लीला, बेटी, तुम कब तक उस घटना को याद कर रोती रहोगी?"

"अम्मा, मैं भूलती ही नहीं कि उस बेकसूर जीव को क्यों मार दिया?"

"वह उन्हीं लोगों का सगा था लीला, तुम्हारा कोई नहीं। वह शादी कोई शादी है जिसमें शादी करने वाले को कोई समझ ही नहीं है और

लड़की की रजामंदी नहीं है। हम लोगों की जातीय पंचायत ऐसा होने न देगी। तुम गोप लोगों में कोई कहने-सुनने वाला नहीं, इसीलिए ये हालत है। औरत को गाय-गोरू समझ लिया है।"

"हाँ, और जो जरा भी विरोध करे उसे रास्ते का पत्थर समझ हटा दें।" हँसी लीला। सचमुच निरंकुश, भटकी हुई आत्मा हैं वे लोग।

"अम्मा, किसी चीज में मन नहीं लगता। न पढ़ाने में, न पढ़ने में।"

"ठहर, एक सत्संग करवाती हूँ घर पर तब मन शान्त होगा।" पुनकला ने कहा। कबिरहा लोगों का सत्संग अक्सर गाँव में किसी-न-किसी के घर होता रहता। पचही का अधिकांश घर कबीरपंथी है। कुछ मुसहर भी सत्संगी हैं। मन तो रमता है उसमें लीला का। उसने कबीरदास की भजनों वाली किताब निकाली। सन्त में ही दास और रैदास की भी निकाली। उसे पढ़कर अम्मा के साथ गाती रही। भजन सुन कई काम करतीं स्त्रियाँ और पुरुष सिमट आए। ऐसे ही सत्संग का समाँ बँध गया। लीला का मन थोड़ा हल्का हुआ।

पचही टोले की दो लड़कियाँ आँगनबाड़ी की सेविका चुनी गईं। वे ट्रेनिंग पर जा रही थीं तब इनके पास आईं। घर के लोग भी आए थे। उनकी शंका थी कि लड़कियाँ कैसे बाहर अकेली रहेंगी? क्या होगा उनके साथ? यह पहला मौका था जब बेटियाँ बाहर जा रही थीं अकेले। इनका विवाह नहीं हुआ था।

"सिर्फ लड़कियों का आवास होता है। स्त्रियाँ ही ज्यादातर शिक्षिकाएँ होती हैं। वे वहाँ घर से भी ज्यादा सुरक्षित होंगी।" लीला ने समझाया।

"जी दीदी।" अपढ़ माता-पिता ने कहा।

"कहाँ है इनका ट्रेनिंग सेंटर?" पूछा लीला ने।

"वैशाली जिला में है।"

"आप खुद पहुँचा आइए। इतमीनान हो जाएगा। जगह देख लेंगे।"

लीला ने समझाया। दोनों के पिताजी बेटियों को लेकर प्रशिक्षण केन्द्र तक पहुँचा आए। व्यवस्था देख प्रमुदित हुए।

"यह तो बहुत अच्छी सुविधा है, हमारे यहाँ इतना है भी नहीं।" एक ने कहा।

"हाँ, हमारे यहाँ चटाई पर सोती है।" दूसरे पिता ने कहा।

"मसहरी भी है, मच्छर न काटे इसलिए।" पहली के पिता ने कहा।

"यहाँ से जाएगी तो यहीं सब खोजेगी।" हँसा दूसरा पिता।

"अब लड़का खोजना और भी मुश्किल, बिरादरी में पढ़ा-लिखा लड़का कहाँ से खोजें?"

"अब बहुत लड़के पढ़ते हैं। वे पढ़ी-लिखी लड़की चाहते हैं।"

"तिलक-दहेज का चलन भी हो गया है।"

"हम लोग कहाँ से देंगे?"

"भाई, तिलक और दहेज तो हमारी बेटी है।" कहकर हँस पड़े दोनों।

लड़कियों की तीन माह की ट्रेनिंग थी। दोनों पिता बेटियों से विदा ले घर लौट गए। घर लौटकर अपने-अपने आँगन में व्यवस्था का बखान कर सबका मन मोह लिया।

"अब जरा गाँव-गाँव घूमो, बेटी लायक वर ढूँढ़ो।" कहा माताओं ने। यह दायित्व भी बड़ा है। बेटियों को बचपन से आँखें झुकाकर चलने की शिक्षा दी गई। शादी-ब्याह के लिए वर-घर ढूँढ़ना पिता के जिम्मे है, वह तो करना ही पड़ेगा। यह सब सोचते-सोचते वे लोग लीला के पास आए।

"आइए-आइए, बेटियों को पहुँचा आए?" लीला ने आह्लाद से पूछा।

उन लोगों ने विस्तार से ट्रेनिंग सेंटर का वर्णन किया। फिर कहा, "दीदी जी, वह सब तो ठीक है लेकिन हम लोग फिकिर में पड़ गए हैं।"

दोनों पिताओं ने एक-दूसरे को देखा।

"कैसा फिक्र भाई?"

"दोनों कुँआरी हैं, शादी के लिए लड़का कहाँ से लाएँगे?"

"समाज में लड़कियाँ पढ़ रही हैं, लड़के नहीं पढ़ रहे क्या?"

"ई दिहात में नहीं दिखाई पड़ रहा है।"

"पता लगाइए।"

"और एक बात, आजकल लड़का वाला बहुत दहेज माँग करता है, हम कहाँ से देंगे?"

"आपकी बेटियाँ खुद में दहेज हैं। जैसे आप पढ़ा-लिखा लड़का ढूँढ़ रहे हैं, वैसे ही लड़के वाले पढ़ी-लिखी बहू ढूँढ़ रहे होंगे।"

"बहुत मुश्किल लग रहा है।"

"एक आसान उपाय है, वह है अगुआ। आप लोगों में अगुआ घटक होता है न?"

"हाँ, होता है तो।"

"उन्हीं की शरण में जाइए। उनके पास उचित जोड़ी की फेहरिस्त होती है।"

"बहुत महँगा होता है अगुआ।"

"वह रुपया-पैसा लेता है क्या? हम नहीं जानते हैं।"

"नहीं, तय करा देगा तो सुपर फाइन धोती लेगा।" इस पर लीला को हँसी आ गई।

"धोती ही तो लेगा, सोना-चाँदी तो नहीं?"

"सोना-चाँदी कौन देगा? धोती दे देते हैं।"

लेकिन इन सबकी नौबत नहीं आई। ट्रेनिंग सेंटर में दूर-दूर से सेविकाएँ आतीं। इनका गुण-स्वभाव जानकर दोनों को किसी सजातीय ने अपने देवर और भाई के लिए पसन्द कर लिया। उन्हें कुछ नहीं चाहिए था, उन्हें पता था इनकी नौकरी स्थायी है। जिस दिन यह खबर पता चली, गाँव में उत्साह बढ़ा लोगों का।

"अब आप लोग बेटियों को पढ़ाने के बारे में सोचेंगे!" लीला ने कहा था तब ग्रामीणों ने यह भी टीपा था कि लड़कों को पढ़ाना उतना ही जरूरी है।

पुनकला बैठी-बैठी सोचती रहती, यह समय कितना अच्छा है, काश कि उसके समय में भी ऐसा ही सब कुछ होता। धीरे-धीरे होता है सब कुछ, वैसे ही जैसे धीरे-धीरे ढलती है रात, उगता है सूरज, खिलती है भोर, गाय-बैल खाते हैं सानी, भैंसें चरती हैं पहसर। बथान में बैठकर इतमीनान से करती है पागुर। धीरे-धीरे चढ़ता है दिन, बिना पनघट पर गए स्त्रियाँ भरती हैं बाल्टी, घड़े में डालती हैं, जल सिराने के लिए। खेत से लौटते हैं हलवाहे। गोधूलि में गायें आती हैं चरकर। सब कुछ होता है धीरे-धीरे। धान-मूँग अपने समय से बढ़ते हैं, फूलते-फलते हैं, पकने पर काटे जाते हैं। तीन से छह माह का समय लगता है। बज्जर न गिरे, बाढ़ न आए तो आँगन-घर भर जाता है धीरे-धीरे, वरना सब मटियामेट। धीरज धर कमर तान उठते हैं किसान आस्ते-आस्ते!

वही सब हो रहा है। जिसके सामने इतने बरस बीत गए और वह कैसे बीता भान ही नहीं हुआ। उम्र बढ़ गई, बच्चे बड़े हो गए, बच्चों के बच्चे बड़े हो गए; एक मोटी साड़ी मात्र से तन ढकने वाली औरतें तीन कपड़े पहनने लगीं। बड़ी लड़कियाँ और औरतें सलवार-कुर्ती गाँव में पहनने लगीं। यहाँ-वहाँ बिखरती कोसी बँध गई दो तटबन्धों में। बाघ की तरह गरजती पूरी नहर बन गई। आहिस्ता-आहिस्ता बालू का ढेर लगा, गायब हो गई कोसी। पूरा भूगोल तीन दफे बदल गया। अब बिजली, सड़कें, सुविधाएँ बढ़ तो गईं, लोगों का मन वही रहा। पुनकला वहीं ठहरी है जहाँ से उसका पति उसे त्याग गया। उसे पता था कि प्रेम में वह आकंठ डूबा है पर पता नहीं किस काम के लिए कहाँ जा रहा है छोड़कर। उसके बाद पचीस साल साथ निभाने वाला पुरुष दुनिया से ही चला गया। जिसके कारण श्रृंगार था वह चला गया पर जान पड़ता है वह यहीं कहीं

है आसपास। उसकी गन्ध हवा में घुली है, घर-खेत, ढोर, मशीनें, बच्चे सब उसी के ब्याज से हैं। पुनकला को लगता है वह मात्र प्रभारी मैनेजर है। वह यहाँ समय काट रही है। उसे बिलकुल नहीं भान है कि उसने अपनी बेटी-बेटे को पढ़ने के लिए प्रेरित कर, लीला को बेटी बना घर में रख सचमुच कितना बड़ा काम कर दिया है। सामने खड़ा लड़का जीतू हजारी इससे क्या कहने आया है? उलझन में है वह। पूछती है उससे।

"बाबू, तुम पटना में पढ़ते हो?" वह हँसा, "नहीं दादी, मैं इंजीनियर हूँ।"

"इतने बड़े नहीं दिखाई पड़ते हो। तुम तो बच्चा हो।"

"धोखेबाज चेहरा है अपने बड़े दादाजी की तरह। अभी मैं आपको खुशदिल वाचाल लग रहा हूँ न? पर मैं अन्दर-अन्दर क्रंदन कर रहा हूँ पर पता नहीं चलने दूँगा; मैं धोखेबाज हूँ अपने बड़े दादा की तरह। मेरे चेहरे पर न जाइए दादी; बड़ी दादी।"

"तुम ऐसे क्यों कुछ भी बक रहे हो? किसलिए तुम्हारा मन किलोल कर रहा है बौआ बोलो।" आहत स्वर था पुनकला का।

"साँझ उतर रही है दादी। वो देखिए सामने वाले सोते में चकई उतर आई है, रात भीगते न भीगते चकवा भी आ जाएगा। फिर उनका एक-दूसरे को ढूँढ़ना चलेगा। वे मिल न पाएँगे। शुरू हो जाएगा उनका क्रंदन, किकोल। है न दादी? वे सुबह तक प्रतीक्षा में होंगे।"

"क्या ये नई बात है? यह तो युग-युग से चल रहा है। यह पंछी शापित है। सब जानते हैं।"

"वही तो, इतने सारे पंछी हैं, ये ही क्यों शापित है?"

क्या कहता है यह लड़का, क्या कहना चाहता है समझ नहीं पा रही है पुनकला। पढ़े-लिखों की बात ही अलग है। अभी ही लीला चली गई है। वह रहती तो जरूर समझ जाती। लीला का जाना भी जरूरी था।

वह गई है घुसक हजारी के आँगन। बहू आई है। बहू आशा कार्यकर्ता है। चारों तरफ बीमारी फैली है, सबको मास्क, सैनिटाइजर बाँटती रही है। बेचारी चुनाव में दिन-रात ड्यूटी कर रही थी। सबको डर था कि यही न बीमार पड़ जाए। लेकिन ऐसा नहीं हुआ। वह सही-सलामत रही।

चुनाव बकुनिया का ठीकेदार लड़ रहा था। अपनी जाति की बड़ी पार्टी थी। टिकट तुरन्त मिल गया। बड़े-बड़े नेताजी लोग आए। हरदम हेलिकॉप्टर गरजता ही रहा था। खूब खर्चा किया। इस पचही टोले के भी बहुत लोगों को साइकिल मिली घूमकर प्रचार करने के लिए। इतना कुछ करने के बाद भी वे चुनाव हार गए। लेकिन जब्बर-करेजा वाले आदमी हैं। यहाँ आकर सबको धन्यवाद दे गए। बोले, हार-जीत तो राजनीति में होती ही रहती है। मूल बात है लड़ना। जो लड़ेगा वही जीतेगा, वही हारेगा। आज हार गए तो क्या, कल जीतेंगे भी, सीना ठोंककर कहा।

पुनकला का पैर छूकर बोले, "सरदार माइंजन मुनेसर बाबू का पूरा-पूरा समर्थन था, भले ही वे सरकारी पद पर रहने के कारण सामने प्रकट नहीं हुए। आप हमारी माँ समान हैं आपका आशीर्वाद मिलता रहे।" उसी समय स्कूल के उद्घाटन का निमंत्रण भी थमा गए। गाँव भर के हजारी लोगों ने कहा, जो जीता हो, हमारे नेताजी अब एमेल्ले वाले ठसके से चलते हैं। उनका जो हुआ सो हुआ लेकिन काम करने वाले मर सिराए। बेचारी आशा बनीं, ममता बनीं स्त्रियाँ ईख की तरह पेर दी गई हैं। चुनाव ड्यूटी में भी वही काम था, मास्क-सैनिटाइजर बाँटना, देखना। अभी भी वही काम है। बाहर से आए लोगों पर नजर रखना।

"दादी, बड़ी दादी, शाम ढल रही है। नहीं जानता कि उधर ढल गई क्या? साँसों की डोर टूट गई क्या? मैं चाहता हूँ कि समय पर जाकर

संवाद तो सुना दूँ कि मैंने आपको वह कह दिया जिसका आदेश बड़े दादा ने दिया था। दादी, वो वेंटिलेटर पर है।" इन दिनों यह शब्द बहुत सुना पुनकला ने। इस नए शब्द का निहितार्थ है मौत; वह सिहर उठी।

"गौर से सुनिए, मेरे दादा ने आपको अपना अन्तिम प्रणाम भेजा है। कहा—जाओ ठाकुरगाँव वाली दादी से कहकर आओ मैं जा रहा हूँ। वह मुझे विदा कर दे वहीं से।"

"कौन है तुम्हारा दादा, हमसे काहे विदा माँग रहा है?"

"सुधीर हजारी है मेरा बड़ा दादा। बाइक में किक मारकर स्टार्ट कर निकल पड़ा जीतू हजारी। गहरी नदिया नाव पुरानी, खेवटिया से मिले रहना।" उद्भ्रांत हो गई पुनकला।

"क्या! वो कहाँ है? मुझे ले चलो, मैं खुद उसे कहूँगी विदा विदा विदा।"

फूट पड़ी पुनकला।

"बाई दादी।" उसने हाथ उठाकर कहा और तेज कर ली रफ्तार। पुनकला दोनों हाथ फैलाकर दौड़ी विक्षिप्त-सी। आँगन के मुख्य द्वार पर लीला ने उसे बाँहों में जकड़ लिया। विदा-विदा कहती वह रोने लगी, फूटकर। यमुना की लहरें उठ रही हैं ऊपर, घटाटोप छाया है। मैं तुम तक पहुँचना चाहती हूँ सुधीर मेरे कृष्ण, कहाँ छुप गए मेरे नटवर नागर!

दालान तक लोगों का सैलाब था जो हक्का-बक्का खड़ा था। अबूझ-सा पुनकला ने उँगली उठाकर आकाश की ओर इंगित किया, एक नीलकंठ निस्सीम आकाश में उड़ान भर रहा है, उसे देखती रही बिन्दु बन जाने तक निर्निमेष!

✪✪✪